主编　凌翔

记忆灵魂的脉动

苗培兴　著

民主与建设出版社
·北京·

图书在版编目 (CIP) 数据

记忆灵魂的脉动 / 苗培兴著 . —北京：民主与建
设出版社，2021.6

ISBN 978-7-5139-3510-4

Ⅰ . ①记… Ⅱ . ①苗… Ⅲ . ①散文集－中国－当代
Ⅳ . ① I267

中国版本图书馆 CIP 数据核字（2021）第 077701 号

记忆灵魂的脉动
JIYI LINGHUN DE MAIDONG

著　　者	苗培兴	
责任编辑	周佩芳	
封面设计	陈　姝	
出版发行	民主与建设出版社有限责任公司	
电　　话	（010）59417747　59419778	
社　　址	北京市海淀区西三环中路 10 号望海楼 E 座 7 层	
邮　　编	100142	
印　　刷	三河市长城印刷有限公司	
版　　次	2021 年 7 月第 1 版	
印　　次	2021 年 7 月第 1 次印刷	
开　　本	710 毫米 ×1000 毫米　　1/16	
印　　张	13	
字　　数	200 千字	
书　　号	ISBN 978-7-5139-3510-4	
定　　价	53.00 元	

注：如有印、装质量问题，请与出版社联系。

关于"心斋斋"（代序）

我的书房名叫"心斋斋"。第一个"斋"是"斋戒"的斋。第二个"斋"是"书斋"的斋。

古往今来，凡文人墨客大都喜欢给自己的书房、居室起一个名字，以表露其个性、品行、兴趣、爱好、审美、志向，甚至是在某一个特定时期的精神状态等。如苏轼的"古林堂"、王安石的"昭示斋"、辛弃疾的"稼轩"、刘鹗的"抱残守缺斋"、林语堂的"有不为斋"，等等。因本人也喜欢读一点书，默默地以这些先贤们为师，所以也就附庸风雅，学着他们的样子给自己的书房，不大的一间，也起了这么一个名字。成语"鹦鹉学舌""邯郸学步""东施效颦"讽刺的就是我这样的了。后来，有了名字还嫌不像，又请了书家朋友用隶书写了字，裱在镜框里，很认真地挂在了我的书房的墙上。当然，挂在墙上不是给别人看的，是给我自己看的，是用来提醒我自己，笃守一份心迹。

这是 2013 年的事情。

何谓"心斋"呢？我为什么要起这样的一个名字呢？

"若一志，无听之以耳而听之以心，无听之以心而听之以气！听止于耳，心止于符。气也者，虚而待物者也。唯道集虚。虚者，心斋也。"这是"心斋"的定义，是庄子在他的著作《人间世》中借仲尼之口说出的一个哲学概念。

庄子为什么要提出这样的一个概念呢？

庄子认为，人生的最高境界是"逍遥"。而逍遥与否视其"有待"还是"无待（待指约束）"。有待者，如"知效一官""行比一乡""德合一君"，因其心役于形，受缚于外物，非逍遥也；无待者，如"至人""圣人""神人"，"无己""无名""无功"，形役于心，无拘无束，自由自在，精神与天地独往来，通同于"道"，是谓逍遥也。换句话说，就是逍遥者不受世俗礼节的约束，形随心动，意从心生，摈弃了人世间的一切功名利禄，心性清明，"致虚极，守静笃（《道德经》）"，见素抱朴，体现自然之真性、真情、真知，与天地融合一体，与万物谐和为一。

说实在的，这样的境界实在是太高了，已经同"道"而"不生不死"了，世上难有几人能够达到。但是，庄子却认为这是可以通过修炼抵达的，并在《人间世》和《大宗师》两篇著作中给出了具体的修炼方法——"心斋""坐忘"。他告诫世人不要执着于自我，不要受外物的干扰与迷惑，要凝神一志，涤除杂念，忘我去知，致虚守静，保持心境的清纯、空明、本真，便可与"道"融通为一了。

这是"心斋"的由来与含义。

本来，"心斋"是为修身养性而提供的一套方法，但是，在之后的千百年里却被认为其具有普遍的意义，尤其是在文学、美学、绘画等各类艺术的创作与鉴赏方面更是有着重要的指导意义。如西晋文学家、书法家陆机在其著作《文赋》中说："伫中区以玄览，颐情志于典坟""收视反听，耽思傍讯，精骛八极，心游万仞"；南朝（宋）山水画家宗炳在他的名著《画山水序》中说："澄怀味象""万趣融其神思""畅神而已"。再如：

南北朝时期的南朝梁代文学理论家、批评家刘勰也在其传世名作《文心雕龙·神思》中说："陶钧文思，贵在虚静，疏瀹五藏，澡雪精神"，等等。当我们细读这些文字的时候就会发现，其字里行间无不闪耀着道家"虚静"理论的光芒，弥漫着"心斋"思想的韵味。

其实，现在让我们想一想，我们所从事的哪一项事业，要想取得骄人的成绩，不是要凝神聚气专心致志的呢？不是要排除干扰持之以恒的呢？不是要澄怀味象神思飞扬的呢？所以，"心斋"确实是有着普遍的意义，其理论与修炼方法确实能让人抵达一种很好的精神状态。

我是一个写作者，给我的书房取名"心斋斋"，就是要时时提醒我自己，做人作文贵在真，要看淡得失，不受外物的干扰、迷惑与羁绊，涤除内心的杂念与奢求，保持一种清纯的心境，用一颗赤子之心，观照世界，写我所想，吐我真言，规规矩矩地做好我的人，写好我的文章。

这，就是我的本意了。

朋友们给我说，书大都有序，找个名家写个序吧，介绍一下自己。我想，读者读我的书是想读我的思想，读我对事物的认知，以及在这些事物面前我的情感和我的灵魂的脉动，而非读我平淡的经历，更不想读美化了的介绍。所以，这样的序，就免了吧。

谨以此文代序，致敬我的读者。

谢谢您，喜欢这本书。

苗培兴

目 录

第一辑

看海

我对大海的向往缘于小时候跟着父亲读毛主席诗词《浪淘沙·北戴河》。诗词里所描绘的"白浪滔天"的壮美景象深深地打动了我，便一直盼望着能有这么一天会去大海，去看看那是怎样的一种壮美。后来，长大了，工作了，便有了机会，而且是多次机会。在这多次机会里有三次给我的印象最深——

第一次看海是在30多年前，在青岛。那是8月末的一个下午，天空阴云密布，大雨眼看着就要落下来了。路上的行人都匆忙着往家里赶，而我，一个人，却兴冲冲地奔向了大海。

站在栈桥的海边，我默默地吟诵着"大雨落幽燕，白浪滔天"的词句，盼望着大雨快点落下来，大海快点掀起滔天的白浪来，可那大海，看上去却只是有些躁动，根本就没有白浪，只有吐着白沫的潮水一排又一排地赶去沙滩，冲上去，退下来，像一群嬉戏的顽童。

我眼巴巴地望着大海，一直望到远处黑蒙蒙的天空完全落进了海里。我很失望。但，海天没有转晴，我也没有气馁，连续几天我都会跑来这里看海。然而，那雨，终是没有落下来。大海，也终是没有掀起滔天的白浪来。有几次，那风起得很大，乌云也比先前厚多了，压得也更低了，可那大海，只是躁动得更厉害些罢了，冲上沙滩的潮水更远些罢了，大海始终是一副安之若素、处变不惊的神态。我彻底地失望了。

我猜想：大海，终是大度宽容的，一般的风雨怎么就能轻易地引起它震怒的大浪呢！只有那暴风骤雨、霹雳闪电才能让它产生绝世的回响。那时，必是惊涛骇浪，无所畏惧也无所抗拒的吧。

第二次看海是在 23 年前，在胶东，一个叫长岛的海域。那次，我和妻子带着五岁的女儿乘了一只小快艇来到了一个孤岛上。那岛很小，有些荒凉。看了些什么，已经记不得了。只记得，我们一直沿着海边走，看那海浪一波又一波地撞击着脚下的礁石和崖壁，看那海浪被撞得粉身碎骨也毫不气馁，毫不妥协，还是不顾死活地撞上来，撞上来。

走了好久，我们终于转了一圈又回到了原处。此时，天色已经黑了，海边空荡荡的只有一艘小快艇和一位守着快艇等候回渡的中年男人。

快艇很快驶入了大海的深处。此时，月明星稀，水天茫茫，夜色就像一张大网罩在我们的头上，罩在无边的大海上。海水，涌动着，一望无际，在月色里一闪一闪地晃动着吞噬一切的幽幽冷光。猛地，我的内心里生出了一种恐惧。我看了一下船夫，见他坐在船尾，袒胸露臂，面目狰狞，就像书里的海盗。一想起海盗，我的恐惧更加地重了，有一种害怕在疯长，甚至嗅到了死亡的气息。我下意识地抱紧了女儿，看了一眼妻子。妻子也正拿一双眼睛望着我，眼神里露出一种恐慌。我突然意识到，我不能害怕，绝不能害怕。我抓住妻子的手小声对她说："别怕，抓紧了我，一会儿就到了。"

起风了，海面上的风起得很快，一会儿就形成了大风。立刻就掀起了大浪，白色的，一排连着一排，直冲我们打来。

小船摇晃起来，使劲地摇晃起来，上上下下、左左右右。但是，依旧"嘟嘟嘟"地破浪前行，像飞一样，在浪尖上。

再看那个面目狰狞的船夫，此时，正铁青了脸，坐稳了船尾，双手紧紧地握着舵柄，两眼冷峻地盯着前方。有几次冰冷的海浪冲进了快艇，打在我们身上，他冲我们大喊："坐稳了！抓住了！"

我忽然生出一种豪情，一种《浪淘沙·北戴河》里的豪情，一种"大雨落幽燕，白浪滔天"的豪情。我有一种冲动，想冲出小船，飞进大海，与滔天的白浪一起狂舞……

可是，我没有飞进大海。妻子紧紧地搂着我的胳膊；女儿趴在我的怀里，两只小手紧紧地搂着我的脖子。我坐在船底，一只手抱紧了女儿、另一只手死死地抓住船帮，两只脚结结实实地勾紧了座板，任凭小船在浪尖上颠簸、飞奔，任凭冰冷的海水不断地打在我们身上……

也不知过了多久，终于，我们冲出了风浪的包围，看到了远处岸边的灯火。

船夫要回去了。我劝他住一晚明天再走。船夫一边跳上快艇一边说："嘿，这算个啥！"

……

我站在岸边望着他渐渐消失的背影，忽然想起了《老人与海》，想起了那个背运的、坚强的古巴老渔夫……是的，只要坚强，没有谁是可以被打败的。

第三次看海是在四年前，在北戴河。北戴河，对我，简直就是一种呼唤。4 月底，北方还是乍暖还寒的季节，我和女儿就站在了北戴河鸽子窝公园的鹰角亭上。

这是一个初春的早晨，太阳刚刚升起，天地正是漫天霞光万里红晕的时刻。一望无际的大海像一位刚刚分娩的母亲，安详、平静、松软地躺在天地之间，似乎已经睡去，又似乎正在做冲刺后的休息。金灿灿的阳光照在她的身上，通体都闪烁着温柔祥和的金光。她每动一下，金光便烁烁闪动，映得天地辉煌。天地异常地宁静，一丝风息也没有。满山的松林都静静地朝向大海，不摇不晃，像是在向刚刚分娩的母亲行庄严的注目礼。只有几只报晓的海鸟，贴着海面，在万里红晕里自由飞翔，偶尔，会传来一两声清脆的鸟鸣。那鸟鸣滑过万里红晕，从海面上款款飘来，显得是那么的悠长，那么的悠长……

我看得呆了。我的内心受到了强烈的震撼。就在那一刻，我忽然意识到我很渺小，渺小得就像是一粒看不见而随风飘动的沙尘。大海实在是太博大、太雍容、太华贵了，在她面前，人类所有的自私、虚伪、骄傲、豪言壮语简直是幼稚得可笑。

如今，许多年过去了，这三次经历，还时不时地会让我在闲暇的时候想起，而每次想起都能给我以生命的启迪。我想，大海无边，变化万千，而这三种情态恰如人生的三种境界——壮志凌云，豪情满怀；宽容大度，处变不惊；胸有丘壑，平静仁和。她在不断地提醒着我要敬畏自然、敬畏天地，做一个效法自然的人。

佛慧山赏菊

昨夜，下了一宿的雨。一觉醒来，云雾四起，弥弥漫漫，霎时惊喜。忽然忆起"西风昨夜过园林，吹落黄花满地金（王安石）"的诗句，陡生一种赏菊的兴致。想那南山，满山的黄花，经过了一夜秋雨的浸润淋洗必是金灿灿娇艳欲滴了吧？于是，冒着雨雾，直奔佛慧山而去。

佛慧山，又名大佛头，系泰山余脉，位于济南千佛山以南。此处赏菊，由来已久。据明崇祯《历城县志》记载："大佛山，城南十里，名佛慧山……此山，峰峦突兀，涧谷萦回，丹树黄花，更宜秋色……故，八景标为佛山赏菊。"是故，济南人赏菊多选此处。

菊，这种花卉，天地肇始，自然所生。它长在旷野，山涧，耐寒抗霜，淡有馨香，秋季开花，色呈金黄。对它最早的文字记载是在《诗经》里。延至战国，当屈原这位伟大的爱国主义诗人在他的《楚辞》里唱出了"朝饮木兰之坠露兮，夕餐秋菊之落英"的时候，菊，就不再是一种普通的花卉了，而成了一种蕴含了"高风亮节"寓意的文化物象。

由此，菊，在后来历代文人墨客的诗文里，便成为了一种抒情言志的托物，被赋予了多种文化精神内涵。例如：当魏晋诗人陶渊明吟诵起"采菊东篱下，悠然见南山"的时候，就把一种隐逸清远的生命情态赋予了它。当宋代诗人郑思肖吟诵起"宁可枝头抱香死，何曾吹落北风中"的时候，又把一种坚贞不屈的品格赋予了它。而当宋时我们济南的女词人李清照吟诵起"东篱把酒黄昏后，有暗香盈袖。莫道不销魂，帘卷西风，人比黄花瘦"的时候，再把一种伤感的意蕴赋予了它。尤其是当那位唐末的农民起义军领袖黄巢吟诵起"待到秋来九月八，我花开后百花杀。冲天香阵透长安，满城尽带黄金甲"的时候，更是把一种高昂的英雄精神赋予了它。所以，菊花，在我们中国人的文化传统里有多种生命情态。它与梅兰竹一起，陶冶着我们的情操，影响着我们的人格，滋养着我们的精神。

今天，我们济南人喜菊、种菊、赏菊，已然成为了一种风尚。每年的金秋十月，各大公园里都会举办各种形式的菊展。趵突泉公园尤甚。届时，那些花儿们千姿百态，姹紫嫣红，美不胜收。然而，我还是喜欢佛慧山的菊。

佛慧山的菊是野菊，是那种未经人工雕饰的、开黄花的野菊。当飒飒秋风刮起，各色花儿不堪寒冷纷纷凋谢的时候，它们便自然地开了。开在山涧深谷，开在山泉侧畔，开在丹树松柏之间。那金灿灿的花儿很小，一簇簇，一片片，娇而不媚，艳而不妖，清新自然，斗寒战霜，在寒冷的秋风秋雨里自有一股笑傲西风不丈夫的豪情，在北方拙朴雄浑的大山里更有一种超凡脱俗、淡泊自然、宁静清逸的别样情致。

八点左右，我开始从佛慧山的英雄关处进山。一路上，天风，时紧时缓；天雨，时密时疏，满天的雨雾把整个佛慧山结结实实地填充了起来，十步开外不见它影，只有白茫茫的一片。还好，上山的路十分规整，并不难行，我裹紧了风衣只顾低头攀登。

过了黄石崖，歇过了望佛亭，便到了壁立千仞的一线天。记得去年的秋天，那深谷涧底野菊正艳，枫叶正红，在那墨绿的松柏之间，红的像火，黄的像金，漂亮极了。可今天，站在天桥上向下俯瞰，一线天里云雾翻腾，仙姿倩影全无，只见白茫茫的云雾里猛刺出两面刀削般的崖壁，令人胆寒。

大佛头是佛慧山的景色最高、最佳处，晴日里，登临此处，极目远眺，秀色泉城一览无余。可今天，雾海雨风里此处就像是茫茫云海中的一座孤岛，所见也只有那北宋时的大佛头慈眉善目地立在峭壁之上。喜的是有一位老者和一对年轻的情侣居然也在这雾海雨风里先我攀登到了这里。姑娘喘着粗气问那男孩："怎么光有佛头没有佛身呢？"男孩支支吾吾地不知作何回答。老者缓言道："这山就是佛身。"

……

你听，回答得多好。这山就是佛身，这整座的佛慧山就是佛身，我们美丽的济南就是一尊佛身。我们济南人就躺在这佛的怀抱里。怪不得我们济南的民风是如此的朴实与包容，人物是如此的豪爽与仁厚呢！

别了大佛头，沿着向开元寺的线路下山。此时，细雨已渐次停息，雨风亦渐次收敛，及至开元寺的遗址时，已是雨收风敛，云雾见淡，眼前的松树、枫树、凋敝的杂木也显现出了红黄绿的秋色来。

记得去年的秋天，我游玩到此，得见名曰"秋棠""甘露"的二泉侧畔的崖壁上盛开着一簇野菊。那野菊悬挂在峭壁上，像瀑布，一泻而下，流淌出一串金色的黄花来。那黄花在褐色裸露的山崖上显得是那么的美，那么的安静，似乎雄奇的大山也因此而改变了特质，变得轻盈静美了。可今天，一道工地围墙挡住了我的脚步。这里正在施工，谢绝参观。

我不无失望地缓步向山下走去。当快要下山的时候，突然，我看到了野菊，看到了一片野菊，就在"智慧禅心"处的一块较平坦的山坡上。

此时，正午的秋阳已驱散了云雾，白幕光华正洒在山坡上，那一大片野菊匍匐地面，看上去，满地金黄。

我兴奋地奔过去，细细地察看那些花儿。真的！和我想象的一样，经过风霜雨雾后的野菊正金灿灿的娇艳欲滴，绚丽芬芳……

顿时，我醉了，我醉在了这个秋日里。

遐园秋思

秋天，注定是个很容易让人产生对往事回忆的季节。

一片秋叶，褐红色的三角枫，飘落着把我带到了这里——遐园。

我依照了旧日的习惯，绕过那有着一排长长走廊的东门，沿着湖边来到北门。那门很小，青砖，飞檐，门楣上有"遐园"二字，只容一人进出，隐在大明湖南岸的一排茂密的旱柳之下。

我特意地舍近求远来这里出入，一者，这门里有一些我和我的朋友们，年轻时，浪漫的故事。二者，这门面对着一片宽阔的湖，一片绿色的荷，一座三孔的小桥，还有一座被这小桥送到湖里的小岛。过去我和我的朋友们，在"奎虚楼"里读累了书，便会穿过园子从这小门里出来，在湖边散步。有时也会走过小桥一直走到那小岛子上去，守着一片夕阳，望着一片澹澹的湖水，漾着一片年轻人特有的心海，流连忘返，想入非非。

此时，秋阳已化作一轮西天的红日，漫天霞光把大明湖的天空映照得瑰丽无比。浩瀚湖面，风轻浪平；两岸垂柳，依依安闲。大明湖进入了一天里最宁静、最恬淡的情态，就像是一个睡前的婴儿。

——"这么巧，又碰到了。"我假装一脸惊讶的样子说道。

她笑笑，不说话，低着头，抱着书，侧身从我的身边闪过。于是，一阵香，一阵特有的香，便弥漫在了那个夏日午后的园子里……

　　我忆着记忆里的香轻步进了园子。那棵昔日里常常被我依靠着的粗大的迎门柳还依然默默地低垂着，像一位守候着的恋人；垂柳下的那一潭碧水，此时，也静得无半点涟漪，枯黄的秋叶落满了水面，夏日里娇艳的睡莲已然睡去；那座玉佩桥，还有那条长长的幽深的半壁走廊依旧孤寂无语地等候在那里。

　　——"这是《前后出师表》，诸葛亮写的，岳飞的手书，漂亮吧。"我站在走廊的壁刻前兴奋而又显摆地说道。

　　她笑笑，不说话，只是低着头，跟在我的后边。

　　走上玉佩桥，在掩映桥身的繁密枝叶间，我采下一片褐红色的三角枫枫叶，递给她。"漂亮吗？"我问。

　　她笑笑，娇羞地看我一眼，接过来，低下头，轻轻地夹在了书里。

　　……

　　唉，那个秋天真好！

　　这是一片空地，很大，被几棵高大的法桐浓阴覆盖着。南北各有一座假山。山石嶙峋，虬枝扶疏。山顶各有一亭，南曰：苍碧；北曰：浩然。一条从湖里引来的清溪穿过这两座假山汇成两方碧塘，在戏过了锦鳞、雨露了清荷蒲草之后，又绕空地一圈重入湖中。

　　我一个人在空地上一边轻移着脚步，一边回忆着朝四周望去。此时，秋阳已全然落去，余一丝暗红的光亮还残留在园子的上空。风轻轻刮起，几棵高大的杨树发出"哗啦哗啦"的声响，几片枯叶悄然落下。那两座屹然于假山上的亭子变成了两片纸样的剪影。忽然，一群归林的倦鸟"叽叽喳喳"地飞起，密林间响起了鸟儿们争枝抢巢的叫声。我循声望去，北侧，不远处，一座青砖灰瓦的房屋正阴阴地躲在密林里默默地注视着我。这让我不由得想起了这座房子和这处空地的前世今生——

　　空地成于1937年12月间的日子里，之前，这里并不空，还有多座建筑：海岳楼、宏雅阁、神龛、虹月轩等，均为山东提学使罗正钧先生在 1909 年时所建。那时的遐园名取《诗经·小雅·白驹》中"毋金玉尔音，而又遐心"之雅意，是山东省图书馆的所在。园内楼阁建筑均仿宁波"天一阁"样式设计，以曲廊飞桥相连，又引大明湖之水成溪聚塘环绕，广植花木修竹，巧设假山亭榭，可谓曲径通幽，步步清雅，时称："历下风物，以此为胜。"1937 年 12 月 27 日，日寇侵占济南，此处建筑惨遭焚毁，变成了一片废墟。现在的这座青砖灰瓦的房屋是日伪政府于 1939 年 4 月在原海岳楼的旧址上建造的，取名"抱壁堂"（"抱壁"二字取自一个日本人的名字）。1945 年 12 月 27 日，向我军投降的日军，就是在这座房子里颤抖着等待着他们的末日。上午十点山东日军一伙将领在我军监押下，低着头走出房屋，走进现图书馆的藏书室——奎虚楼。在一楼大厅，这些曾经不可一世的侵略者，在我军民强大的神威面前，终于低头认罪缴械投降。时任我军第十一战区副司令长官的李延年将军主持了这具有历史意义的一刻，并挥毫书写了"我武维扬"四个遒劲大字。此牌匾现仍悬挂在奎虚楼一楼的展览室里，是为永久的纪念。而这座青砖灰瓦的日式房屋，则先作图书馆的报刊阅览室，后作国学讲堂使用至今。

想到这里，我的心中似有块垒吐出，浑身通畅无比。是啊，一百多年了，园子历尽荣光与劫难，可谓风雨飘摇，百年沧桑。但文明之火不熄，薪火相传不止。特别是在改革开放以后，园子又迎来了春天，恰如于右任老先生书写的那副摘自陆机诗句的对联："和风飞清响，时鸟多好音。"一批又一批的有志青年在这里读书学习，和风对吟，和鸟对歌，成为了时代的精英，建设国家的栋梁。遐园，功莫大焉！

此时，凉风忽起，夜色来袭。我循着旧时惯走的小路出了园子。看时，明月已升上了天空，清冷的月光洒满了湖面。澹澹的湖水，幽光闪闪。那座湖中的小岛，横湖黛色，迷离朦胧。岸边垂柳，已是随风婀娜，飘逸多姿。再看时，沿湖两岸更是华灯绽放，装扮得大明湖色彩斑斓。我的心啊，在这个梦幻般的秋夜里，又漾起了那片旧时的心海……

秋柳含烟

"秋柳含烟",多么有意境的名字啊!

朋友,当你看到这个名字的时候会想到些什么呢?秋天、柳树,还是烟雨霏霏?我想,应该是都会想到的。或许还会想到水,想到湖,想到一个人伫立湖畔呆呆地傻想。

这就有些矫情了。

其实,这是我们济南大明湖南岸的一处风景区。不过,这种矫情在360多年前的那个秋天却真实地上演过。上演这个矫情的人是清人王渔洋。

王渔洋(1634—1711年),原名王士禛,号渔洋山人,山东淄博桓台人,清代诗人、官员(至刑部尚书)。其一生为官清廉,著述颇丰,是"神韵"学说的倡导者和践行者,被誉为"一代诗宗""文坛领袖"。

清顺治十四年(1657)八月,正值"秋闱",山东各地的学子纷纷云集府城济南准备参加三年一次的举人考试。这年,王渔洋24岁。

24岁的王渔洋也来到了济南。不过,他可不是来考试的,早在六年前（顺治八年），他已经考取了举人。他是来给朋友们助威的。

那是一个秋日的黄昏，王渔洋和他的几个诗友会饮在大明湖南岸的"水面亭"上，此时，秋阳正红红地洒在岸边的那片茂密的柳林里。柳林静静的，叶片上闪着古铜色的光。秋风吹过，柳条披拂水际，微黄的柳叶摇摇欲坠。年轻的王渔洋被眼前的景色迷住了，恍惚间，隐有一种苍茫的寂寥与兴衰无常的世事伤感从四野八荒袭来。他站起来，向远处望去，见长空万里残红迷离，浩瀚水面红波微漾，忽生的情思飞扬。少顷，一曲婉约清远、意蕴深沉的感时兴悲之歌（诗）从心底喷涌而出。这是《秋柳诗》四章（有诗评其为吊明亡之作）。诗成，便风传千里，万里，化作了黄昏里的一片彩霞，一片最美的彩霞，扮靓了大江南北的天空……

王渔洋一诗成名。

成名后的王渔洋在大明湖南岸的一条老街上成立了"秋柳诗社"。一时间，海内名士纷纷前来谈诗论道传承千古文脉。俨然，这里成了诗文的高地、诗人心中的圣地。从此，王渔洋开"神韵"诗派，领袖诗坛四十余载，而这条老街也驰名大江南北。

这条老街就是今天位于大明湖南岸的"秋柳含烟"风景区，过去叫"秋柳园街"。

现在，就让我们一边默吟着诗人"秋来何处最销魂，残照西风白下门……"那一句句美妙的咏柳诗行、一边走进这条老街吧。

进大明湖南门，沿湖东行，过司家码头，北拐，便会在茂密的林木间见一座石拱的小桥，旁立一石，书"秋柳含烟"。这就是老街的西头了。过小桥，又见几株古老的柳树，铁枝虬干，浓阴着街面。这是老街上的旧物，几百年了，一直这样，没变。从柳荫下穿过，就进入老街了。

老街用青石铺路，很幽静，南侧临水，北侧建房，晃动着旧时的斑驳光影，弥漫着旧时的湿漉漉的气息。路旁植有红的梅花、黄的迎春、白的丁香，还有玉兰、连翘、桃花、樱花以及低矮的灌木、藤蔓及各色南方的、北方的观赏树木。路北有一处院落，门楣有匾：秋柳园；两侧有联："尚书天北斗，司寇冠鲁东"；门前有铜像（全身），这是年轻时的王渔洋。

走进院落转一转，亭榭回廊，小桥流水，茂林修竹，荷红芙绿，还起着一座二层的楼阁，阁上也有匾：秋柳诗社。这是在原诗社的旧址上扩建的。

再往前走，上平桥，过一片水域，有几处老济南旧时的房屋。门面房、四合院，皆是青石到顶，拱脊飞檐，以柳为邻，面水而居。那座大的，门前有一对抱鼓石的四合院是"秋柳人家"，也叫"王家大院"。这是过去一位王姓老中医给人看病的诊所和宅院。也有说是这里曾出土过一块刻有"王士祯故居"字样的石碑，是王渔洋的故居。再往前走，过"柳茗斋"茶社和酒楼，就是一座小桥了，和来时的一样，也是石拱的，连接着老街与湖岸。这是老街的东头。

站在石桥上回望一眼，你会发现，这条老街四面环水，像一条浮在水面上的船，古船，只是累了，在时光里，寻一处绿荫浓浓的地方泊了。

这就是老街了。

去年，一个秋日的午后，我来到了这里。斯时，细雨正稠，街面上一片阴郁迷蒙。我打着伞，一个人，走在街面上，耳边缭绕着那霏霏细雨在街面上、林木间急行慢走的脚步声。那"沙沙"的声音就像是一位耄耋的老人，在烟雨的后边，自言自语地诉说着那些如烟的往事，感叹着飘摇的人生——

唉，不易呀！300多年了，我早就老得不成样子了，脏乱、拥堵、逼仄，本以为早就被人给忘了。可是，没曾想，没有忘，还记着呢，记着我的那些儒风雅韵呢！这不，那年（2007年），大明湖扩建，又把我给隆重地请了出来。说是传承，让我把那些当年的儒风雅韵讲给大伙儿听听，让大伙儿知道，我们济南不光是泉城，也是诗城；不光有趵突泉、珍珠泉、黑虎泉这些天然水泉，还有一眼流在我们精神血管里的"神韵"诗泉呢！在忙时，在焦虑时，从"烟熏火燎"里走出来，来这里坐坐，看看，想想，让那些清风明月抚慰一下浮躁的灵魂，少安毋躁，获得片刻的安宁。唉，我这也算是老有所用了……

我心有所悟，想象着王渔洋当年的样子来到了"水面亭"，站在亭上向远处望去。湖面上雾雨蒙蒙，水天茫茫，这连接千古的风声雨意，像王渔洋吟出的秋柳诗章，浑涵，浩渺，清雅，淡远，将大明湖的远山近水、岛屿柳林，笼罩在一片梦幻般的烟云里。

我，默默地伫立良久。

世事沧桑，无常是正常。心安，即归处。我想。

……

品秋

北方的十月已是深秋了吧，可是这个秋，还不能算是真正意义上的深秋，只是节气上的深秋。因为，全球变暖后的秋带了过多的夏的色彩，树木满目葱茏，靓女满街奔放，只是那风少了些夏的炙热而多了些和缓与凉爽罢了。只有当那冽冽西风一路南下，"哗啦啦"地把一场场的雨带来，把一场场的寒带来，这时的秋才能算是真正意义上的深秋了。

秋，应该就是凉的。深秋，应该就是霜雨绵绵、凄清冷冷、萧瑟疏疏的。应该就是金灿灿的柿子、红彤彤的山楂、枯黄黄的落叶……

有人说这样的秋是凋敝肃杀之相，也有人说这样的秋是饱满成熟之相，然而，无论是哪一种品相，在城里忙忙碌碌的您都是很难看到的，即使目之所及、体之所感，风凉叶落，霜降雾漫，您的意识里已经清醒地明白了深秋已经到来，可那秋的况味、秋的韵致，你也是一点儿也不知道的，而秋，美就美在它的韵味。

为何？佛家有言：相由心生，景随心动，万物之相在观者的心里，心动则相生。相，实乃心之况味者也。因此，在城里忙碌的您，熙熙攘攘间哪有这等闲情逸致生那品秋之心！心之不动，秋之况味，您又如何晓得？

　　品秋，人，各有不同。林语堂先生喜欢在他吐出的缭绕的蓝烟里，在一种淡淡的、忽有忽无的、轻松自如的情绪里品秋。他品出的秋不是悲凉和肃杀的，而是有着"古色苍茏"之相、"古气磅礴"之气的秋。他说："秋是代表成熟，对于春天之明媚娇艳，夏日之茂密浓深，都是过来人，不足为奇了，所以其色淡，叶多黄，有古色苍茏之概（《秋的况味》）。"

　　好一个"古色苍茏之概"！这是岁月之色，这是沉淀之色，这是一种沉甸甸的成熟厚重之色呀！

　　对于这样的一种气象，许多年以前，我也曾学着林先生的样子，一个人独自坐在家里的沙发上，抽了一支雪茄，尝试着品过。可那时，我还很年轻，未谙世事，看着满屋缭绕的烟雾，聚散离合，飘飘浮浮，那心儿如坠云海，毫无定所，哪能品得出什么"古色苍茏"之相呀。

　　而另一位大师郁达夫先生却也不同。他喜欢早晨起来，泡一杯浓茶，向院子一坐，看很高很高碧绿的天色，听晴天下训鸽的哨声，当然也会走出院子看槐树的落叶，听秋蝉的鸣啼，戏缠绵的秋雨……他品出的秋（北国）是清，是净，有一种悲凉之相（《故都的秋》）。

　　其实，不管是悲凉也好，还是古色苍茏也罢，都是品秋人的一种内心的反应。秋，还是那个秋，只是品秋人的心境不同，其相也就不同罢了，正如大师王国维所说，"有我之境，以我观物，物皆著我之色彩（《人间词话》）"也。

　　今年十月，月末将至，我们济南的秋雨便如期而至，染得那秋风骤然寒凉起来，那秋色也被这雨、这风一下子渲染得浓烈起来，一夜之间，满城霜雾，一地金色，正合了古人"雨色秋来寒""草木摇落露为霜"的诗句。

　　这样的气象正是品秋的好时节。当然，现在品秋，我不会再像当年那样，傻乎乎地坐在家里，吞云吐雾，弄得一屋子乌烟瘴气了。我走进了大山。我觉着，老天把最美的秋色全都藏在了山里。

济南的南部全是山，有三川之秀：锦绣川、锦阳川、锦云川。这三川皆泰山一脉，山高林密，峡谷纵横，清流交错，丹树黄花，最是秋色。

我本意是携妻带女，拥着雨雾，进锦绣川，游红叶谷，伫高山之巅，于秋风秋雨中，看寒山红遍层林尽染的秋色。可是，山门前车马喧嚣，人声鼎沸，折了兴致，便弃了山门，下山，沿着那万顷碧波锦绣川水库慢行。见那浩浩之水，清波荡漾，雨雾里明晃如镜，氤氲着一层淡淡的云烟，心下不由得赞叹：呀，好美！可，慢行良久，忽生一种恍惚，看眼前的一切好像都在动，渐渐地也都像是变了样，似乎变得越来越遥远、越来越空无，猛然间陡生了一种不知身在何处的疑惑……

转身，开车进了一处峡谷。此时，雨丝渐次停歇，迷雾也渐次收敛。透过车窗细看时，两侧山峰耸立，山腰云雾缭绕，漫山红绿相间，甚是妖娆。我有些兴奋，期待着前方的景色，急急地驶向深谷。

行不多时，高山深谷，忽然开阔起来。下车观望，见两侧山峰形似屏障。路的一侧是山涧，涧内清溪潺潺。溯水上寻是一潭清幽幽的秋水，水正漫过堤坝顺势而下。另一侧，紧靠崖壁的山坡上有几间房屋，有院墙，错落有致。房前屋后，树木茂密，全是山楂、核桃、柿子和苹果树。那些红的黄的山果点缀得山谷呈现着一派祥和、安静、富足的气象。

我静静地看着这一切，隐隐地感到似有一股淡淡的静谧之气缓缓地从山林深处飘来，它使得山谷越发地幽静空旷了。忽然有几行诗涌上来，那是诗佛王维的诗："空山新雨后，天气晚来秋……"

呀！好一个"空"字。我顿然醒悟，这，不正是这秋山之相吗？这，不正是这深秋之相吗？

秋之韵味，一个"空"字。

……

人生如这四季，当经过了春生夏长来到了这秋收季节，对人生的况味也该了然于心了，当把这成熟、饱满而又灿烂的生命全部奉献给养育我们的大地，致虚守静，静待下一个生命的轮回。

落去的繁华

　　我住的地方紧挨着一所大学，大学的后面是一座山。那山属于千佛山一脉，逶迤连绵，山势峻秀，碗口粗的松树、柏树、槐树、枫树、杨树以及各色杂木早已覆盖了整个山体，四季里郁郁葱葱。

　　我喜欢一个人在傍晚的时候来这里散步，而每次散步总能遇见他。

　　开始的时候，我是不愿跟他搭讪的。隔了几行树看上去，他有60多岁，微胖，有些驼背，头发蓬乱，表情淡漠，穿了一身被磨得有些发了白的蓝色的 Nike 牌运动衣，表现出一副邋里邋遢的样子。一只半大的脏兮兮的黑狗跟在他的后面，他走到哪儿，就跟到哪儿。他来这里的目的似乎只有一个——撞树，用后背撞树。他撞树的时候看上去是很享受的，总是闭着眼，轻轻的，一副很悠闲的样子。而跟着他的那条狗也像是懂得他的感受似的，不叫也不闹，哪里也不去，就傻乎乎地蹲在他跟前。当然，偶尔也会抬起头来看他一眼，而多数时间里都是懒洋洋地向四下里望着。

　　这样的场景，在看过无数次以后，终于有一天，我主动和他搭讪起来。

我一边朝他跟前走一边说："你好，又练功了？"

他先是睁开眼，向我看了看，然后一边点头一边回道："又来了。"

我上前摸了一下他那条黑狗的狗头问道："这是只什么狗，这么老实，从来也不叫，天天跟着你。"

他笑笑："不知道，捡来的。"

……

如此数次之后我们熟悉起来。

世界真的是很小，当他说出他的名字和他的工作单位的时候，我忽然想起了他。他居然是我的一个大学同学的亲戚，一个在八九十年代里很风云的人物。而且，我们还有过一次交往。只是岁月无情，时间，把他那时的一些样子都风化掉了。

那是20世纪80年代中期，当时，电视机、电冰箱是十分紧俏的商品，而他恰恰是位神通广大的人物：他在一家公司里当经理，他的公司就卖这些货物。于是，我托了我的这个同学在他这里买过一台20英寸的电视机。

记得那次，我带了我同学写的纸条去找他的时候，被他的一位高挑的女秘书挡了驾。坐在外屋的沙发上，我听见他正大发雷霆。从他说话的口气里可以断定，这是一个脾气很大、底气很足、春风得意、自高自大、目中无人，而又雷厉风行的家伙。

等他打完了电话，我跟着秘书进到了他的房间里。那时的他，人很帅，中等身材，很精神，看上去很有派头。他穿了一身熨烫得非常笔挺的藏蓝色西服，配了一件雪白的衬衣，打了一条亮丽的花色领带，那头发油光锃亮，梳理得非常整洁。桌子上立着一部"大哥大"，还摆放着一部座机和一部传真机。房间经过了装修，很豪华。

我怯生生地告诉他我是×××介绍来的，可，还未等我把话说完，他就立马在一张空白的纸上写了几个字，递给那位女秘书说道："去，给他办一下手续，按这个价格，20 英寸的。"

……

这是我第一次见他，没有半点寒暄，他几乎就没有看我。后来听同学说，他去了俄罗斯，倒腾什么盘钢、皮货什么的。以后，就再也没有他的消息了。

我最后一次（也是第二次）见他是在香港，是在无意中。还是得说，这个世界真的是很小。2000 年的时候，我到香港住在喜来登大酒店，早餐的时候，在餐厅里突然就见到了他。他和一位年轻漂亮的女子风风火火地走进来，在我的视线里选餐找位用餐。他还是那副派头，考究的西服包裹着已经发福的身体，雪白的衬衣配着一条亮丽的花色领带，挺胸阔步，一副目中无人的样子。就餐的时候，他还时不时地抬起头来，挺直了腰，朝四下里看一下，好像是一位领导在巡视他的手下。当时，我没有跟他打招呼，其实打招呼他也不会认识我。

当然，这些个情形，现在，我自然是不会提及的。他一直当我是一位新认识的无半点利害关系的朋友。我们谈得最多的是眼前如何的养生。可久了、熟了，我们也开始谈一些彼此过去的事情。

他告诉我，他在年轻的时候当过兵，是文艺兵，在新疆。当时他会唱歌，会跳舞，还会拉二胡，是团里的主要演员。后来转业来到了济南，在 ×× 局工作，后来又担任了局下属的一家贸易公司的经理。公司经营得不错，后来去过俄罗斯，再后来又去过波兰……

或许是压抑得太久、或许是太想倾诉、或许是对过去的生活心存向往的缘故，那天我们谈了很久，他始终沉浸在一种兴奋里，给我谈了很多很多他过去的故事。我听得出来，他对过去的生活很留恋，也很感到自豪。

我很想知道在经过了这么多以后，他对生命是怎样的一种看法，便问他。

他不再说话，只是抬起头来，以一副若有所失而又淡然的样子，朝眼前的这片山林望去。

山林里，幽静而深邃，秋声沙沙，枯黄的树叶正悄然落下。那几株不久前还盛开的石榴树，已是果实落尽，只剩虬枝枯叶；一棵枫树在一片枯黄里火红火红；一串长长的紫喇叭花在满地的落叶里绽放着夏日里最后的色彩。

秋深了，一切繁华都将落去，归于虚静，这就是生命。无悔的是，春天里，它们都努力地绽放过。

生命的春天

我又遇见了他。就是那位总牵了一条狗，在我家附近的那座小山上撞树的老朋友（请阅读《落去的繁华》一文）。这次遇见他不是在山上，而是在一处叫作"泉城"的公园里，也是傍晚。

有多长时间没有见过他了，一年？不止，至少有两年。

没有见到他是因为我散步的地点发生了变化——医生告诫我多走一点——我把我散步的地点改在了这处离家稍远一点的公园里。公园很大、很清幽，林木也很茂盛，还有两片湖、一架凌空的天桥，很适合多走一点。

公园里有一块近水的空地，不大，被密密的树林所遮掩着，四季里，早晚总有一些中老年朋友在这里唱歌跳舞。他们总是把音响调得很大、很喧嚣。我不喜欢热闹，喜欢静静的，一个人，在疏疏密密的林子里慢慢地走，所以，我总是远离它。

这次不同，他们换了一首新乐曲，大概音响也换了。那音乐真是好听，是我喜欢的那首《蓝色多瑙河》，所以，不知不觉间，就朝它去了。

十几对中老年朋友正在那儿起劲地跳着，舞姿很是随意和娴熟。我默默地和着音乐的节奏巡视地看着。昏暗的场地上，我特别注意到了一对舞者，在场地中央。男的穿了一身深色的西服，把个腰板挺得笔直；女的烫了一头卷曲的长发，着一件漂亮的紧身毛衣和一条花色的长裙子。两人手手相牵，四目相对，很是认真，很是投入。他们的舞姿不仅娴熟，而且很有一些专业的意思。前进，后退，转身，弯腰，旋转，起起伏伏，既轻盈又飘逸，棒极了。

我看得有点入迷。正看着起劲，音乐停了下来，舞者们纷纷退到了场地的周边。突然，一只狗，不知从哪里，猛地蹿出来，蹿到了我的身边，吓了我一跳。这只狗，黑色的，不叫也不唤，就只管仰着头，在我的身边，撒欢嬉闹。我定了一下神，看清了，原来是它，是那位撞树的老朋友的"傻狗"。

"怎么会是你呢？"我一边说着一边惊喜地弯下腰来，伸出手，摸了一下它傻乎乎的狗头。它把头贴在我的手掌上蹭了几下，然后一转身跑了，向场地中央跑去。

我疑惑地望着它，心想，不会是他也在这儿吧？

就见那只狗跑到了那位拥有最美舞姿的男士的跟前，先是蹦跳了两下，然后停下来，看看他，又回过头来朝我这边望望。那男士明白了狗的意思，朝我这边看过来。这下，我们彼此都看清了。他正是我的那位好久不见的，总牵了这条狗，在我家附近的那座小山上撞树的老朋友。

朋友快速地朝我这边走过来。等到了跟前，我却有些惊住了。眼前的他面色红润，脑门发亮，双目有神，步履矫健，可谓神采奕奕。可记忆里的他却是个邋里邋遢，神情黯淡，老气横秋，整日里无所事事，牵着狗，在山林里昏昏然撞树的老头儿。两者之间，差距简直是太大了，真是判若两人。"这是他吗？"我这么想。他一边笑着一边和我握手说，真没有想到会在这里遇见你，怎么样，老弟，好吗？我说，真的是你啊！两年没见，你这是怎么了？吃了鹿茸、还是人参、还是龙肝凤胆，怎么变得这么年轻了？他笑笑说，什么也没吃。我说，不可能，你看看你现在，至少比过去年轻了 20 岁，一定是有什么养生的高招，快点说说……

这次和上次一样，我们谈了很久。坐在湖边的连椅上，他告诉我，他现在又干回了老本行，给人指导舞蹈，是朋友介绍的。介绍他的这位朋友是他过去的同事，就是刚才和他跳舞的那位女士。几年前，她得了癌症，乳腺癌。她很喜欢跳舞，也有一帮跳舞的朋友。两年前，她和朋友们成立了一所舞美联谊中心，经常组织一些交流演出的活动，可大家都是业余爱好者，水平一般。她知道他过去在部队文工团是跳专业舞蹈的，也退了休，就请他来给指导一下。这一指导他才知道：她们这些人中有好多人都是病人，还有几位是和他朋友一样的癌症患者，可，她们没有一个意志消沉的，没有一个向疾病低头的，她们忍受着病痛的折磨却快乐地生活着。这对他的触动很大。他对自己曾因退休、曾因失去过去的荣光、曾因感到生命走过了大半的路程而一度产生的消沉、失落、萎靡，甚至颓废的生命情态进行了反思，深感羞愧与可笑，从此调整了自己，提振了精神。现在，他天天和她们在一起，循环着在各处公园里跳舞，也经常组织一些活动，到社区、到养老院、到各类庆典的会场以及市区周边的一些乡镇农村、军营为大家免费慰问演出，等等。总之，他很快乐，他感到他的生命和退休前一样又有了意义……

知道了这些，我由衷地为朋友的变化感到高兴，同时，也想知道，在经过了这些，他现在对生命的看法，就问他。他笑了笑，和上次一样，还是没有说话，只是把一道明亮的目光，掠过眼前的这片静静的湖水，投向了对岸那片稠密的树林。

林子里，光影斑驳，树影婆娑，越冬的盘根老树、枯枝老藤已经吐出了毛茸茸的新绿，那么鲜亮，那么蓬勃。我知道，这是四月的春风给它们的生命开启的又一个四季的轮回，不久，就会浓荫了这个园子，绿了这个春天。

五龙潭·月牙泉

在济南的趵突泉与大明湖之间，紧挨着护城河的西岸，有一片公园。这片公园，景色优美，历史悠久，传说玄奇，在济南的历史上，乃至济南人的精神史上都曾有过特殊的地位。这，就是五龙潭公园。

公园内有一水域叫五龙潭。这五龙潭深约 6 米，阔达四亩，清泉暗涌，汇周围 20 多处泉水而成。其水质十分清澈，合岸翠柳飘拂，潭内锦鳞游弋，临水更有一处名曰"名士阁"的二层楼阁，古朴清雅，散漫着一种恬淡与闲适的韵味，是一处很清幽、极秀美的所在。

据记载：在北魏以前，确切地讲是在郦道元先生写出《水经注》以前，这里就有了这片水域。那时，它还不叫五龙潭，叫净池，意取池水明净清澈之意。古时的净池与北边的大明湖是相连的，为大明湖的一部分。后经沧海变桑田，便渐渐地与大明湖分开了，形成了今天这一潭独立的水域。

本来这样的一潭水域与大明湖其他水域本没有什么区别，但民间传说却让它有了新意。如此处原是唐朝开国名将秦琼的府邸，一夜大雨，天降响雷，地陷成渊，五龙占渊，五龙潭成。当然，这里有一些神话的意味了。然而，据记载，清朝时，这里确实曾出土过一块石碑，文曰："唐左武卫大将军胡国公秦叔宝古宅"。由是，现公园内建有秦琼祠，并立此碑于祠内。而令其发生"神"性改变的却是在元代（民间）：相传，这净池，潭水深幽，很是莫测。风起时波澜不惊，雨落处水面不涨，一年四季，静若处子，极有灵性。旱灾之年，可祈雨得雨，保五谷丰登。于是，元代时，有晓阴阳、擅风水者断定：此潭内有五方神龙暗伏，保着这一方土地风调雨顺。故而，时人特在潭边修建了一座庙宇，内塑了五方龙神，每至岁末年始便上香供奉。特别是在二月二龙抬头的日子里，人们更是虔诚有加，隆重地举行祭祀活动，求神龙庇佑，佑护济南这方土地风调雨顺，百姓安康。从此这方净池也就改称五龙潭了。

何谓五方神龙呢？按阴阳五行风水学上的说法，五方神龙者，乃东西南北中青赤白黑黄五方土地之龙神也，其掌管着五方龙脉，主一方土地之福德。

此处修建五龙庙宇，则五方龙脉即归于此，也就是说（民间），此地便是这一方土地之龙脉、之中心、之神位了。因此，这五龙潭，也就不再是一处普通的水域了，它有了一个特殊的地位，被赋予了一种特殊的使命，成了一种象征、一种寄托，成为了人们心灵深处的一处精神家园，承载着这一方土地的丰盈与吉祥。

这样说起来，似乎有些唯心。但是，这种唯心却是我们这个民族在生生不息的历史发展长河中存在过的实实在在的思想史。它曾经左右并指导着我们的心灵律动、精神的皈依。今天，这样的唯心，随着科学的进步，早已不复存在，但它却对我们依然有着深远的影响，在我们的潜意识里留下了一方神灵，一方保佑我们平安的神灵。这五龙潭就是这神灵栖居的地方。所以，当我们走进五龙潭公园的时候，心里怀着的是与其他公园不一样的心境，心底升腾着的是一种敬畏，感受到的是一种神秘与厚重。我们眼中的那五尊神龙塑像（迎门而立），不仅仅是艺术品，而是具象的生命。那昂首跃起的姿态，是飞翔，是祥云，是雨露，是这方土地的平安与祥和。

无疑，这样的一处公园是有神意的。然而，当您漫步其中，又会发现，它更是清秀的、雅致的、闲适的，流淌着一种自然、空灵、静美的韵味，让人品出一种禅意。这样的一种意韵来自哪里？就来自这里的泉。

五龙潭，既是一片水域，也是一眼大泉（潭内暗伏众多泉眼），更是四大泉群之一——五龙潭泉群的称谓（济南四大泉群：趵突泉、黑虎泉、珍珠泉、五龙潭）。周围泉眼众多，有名者就有 27 处。这些泉美啊，听听她们的名字您就醉了。天镜泉、玉泉、古温泉、虬溪泉、醴泉、蜜脂泉、月牙泉，等等。这些泉与柳、与风、与月为伴，常年喷涌不断。特别是在冬季，当大雪飘起，万物沉寂，天地褪去了繁华只留一片银白，您再来看这些泉，依旧在欢快地涌动，在缭绕的青烟里，是那么的轻灵、那么的恣意、那么的了无牵挂，您难道不会被感动吗？会的，一定会的，您一定会连带着一起涌动起来、清澈起来，进而，您的浪漫的生命会重新奔放起来。

我生在济南，家离五龙潭不远。年少时，经常和小伙伴们一起来这里游玩，最喜的是那夏日里的月牙泉。

月牙泉，位于现公园东南侧之中共山东省早期领导机关旧址处，与古温泉、玉泉为邻。泉水澄澈碧透，甘美如饴。泉池有 30 多平方米。池的中央峭立着一座太湖石假山，出水约一人多高，山顶上有一个很大的泉眼。雨水季节，水势旺盛，泉水便从泉眼里喷涌出来，一泻而下，像瀑，似帘，阳光下耀着七彩的光，美极了！

20 世纪 70 年代的时候，五龙潭还没有被扩建，月牙泉所在的位置叫东流水街。这东流水街，东邻护城河，西为白墙灰瓦的民居，青石铺路，生几株粗大的垂柳浓绿着街面。街上有多处泉眼，那清澈的泉水在石缝间、在青石上潺潺流过，整条街都流淌着"清泉石上流"的诗意。

夏日里，我们这些十几岁的孩子经常会瞒着大人跑来这里，有的在池边游泳戏水；稍大一点的则会爬上泉池中的山顶，摆一个或金鸡独立、或雄鹰展翅、或悟空望月的造型，甚或什么也不摆，就像块石头样的，跳入池中，来一个透心凉。每次跳下，都会溅起一片浪花，引来一阵惊呼和赞誉，嘿，别提有多惬意、多神气了！

有时候，我们也会偷偷地溜进公园里，围着五龙潭瞎转。扔石块打水漂，看潭水捞游鱼。但，总是不敢下水，生怕被潭里的龙捉住，吃掉……

这些都是年少时的往事了。如今，月牙泉早已划归五龙潭公园管理，我也早已年过半百搬离了那处地域，像早年样的嬉水已是不可能了。可是，五龙潭，五龙潭的传说；月牙泉，月牙泉的瀑布，给予我的神秘、温暖与甜蜜却记忆犹新，冥冥之中似乎那五龙神灵在时时地召唤着我，让我常常回去，在潭边静坐，在月牙泉边重温，在现实与记忆里漫步。听一听那一声龙吟，洗一洗那一颗尘心，盼一场春雨，梦一场年少的夏天……

仙风道骨珍珠泉

上古时期，我们华夏的明德之祖舜帝，曾耕于历山，娶唐尧的两个女儿娥皇和女英为妻。

传说，有一年，山东大旱，舜帝巡视天下去了南方，娥皇和女英领着一众父老求雨抗旱。那天，毒辣的太阳炙烤着大地，大地像燃烧的炉床。连日来娥皇女英跪求苍天，膝盖早已流血，汗液也已流干，可那老天爷却还是没有一丝雨意。这时，南方突然传来了舜帝病倒的消息，娥皇女英很是着急，决定马上去南方照顾舜帝。在启程的时候，乡亲们依依不舍，送了一程又一程，娥皇女英十分感动，感动地流下了热泪。那泪珠，在阳光的照射下，熠熠光彩，滚过脸颊重重地落在了地上。忽然，人们惊异地发现，那泪珠所落之处似有沙砾风动，隐有水渍渗出，继而便有珍珠般晶莹剔透的泉水鼓动而出。人们惊呆了。可就在这惊呆未醒之时，那水就大了，鼓开沙砾喷涌而出。那水旺盛呀，蓬蓬勃勃，汩汩奋勇，弥漫着纱幔般的云雾，耀着七彩的光向四野八荒漫去……

这个传说，美不美？

美，实在是美！

这，就是珍珠泉的传说。后人有诗赞曰："娥皇女英异别泪，化作珍珠清泉水。"

每一个传说都是有生命的。它生于民间，植根土地，存于民心，与日月并存。珍珠泉，就是这样的泉，它传了五千年。

珍珠泉位于我们济南最繁华的商业区泉城路上的一座大院里，我们习惯叫它"珍珠泉大院"。

走进大院，不远，西侧，有一水域，水面方阔，约两亩的样子，围一雪花石雕栏，周以亭榭、石山、垂柳、花木。走上亭榭，凭栏观水。水清碧透，平静如镜。天光云影、林榭石山倒映其中。成群的锦鳞在云林间游弋。无数清泉从水底的沙砾间汩汩涌出。一串串气泡，有时是三五个、有时是十几二十几个，大者如珠，小者如玑，晶莹圆亮，飘摇婀娜，袅袅上升，一到水面便悄然炸开，像粒粒细小的珠玑撒落水面，漾起无数细微的涟漪……

这就是珍珠泉了。

明代诗人晏璧有诗赞曰：

> 白云楼下水溶溶，滴滴泉珠映日红。
> 渊客泣来无觅处，恐随流水入龙宫。

清帝康熙亦有诗赞曰：

> 一泓清浅漾珠圆，细浪潆洄小荇牵。
> 偶与诸臣闲倚槛，堪同渔藻入诗篇。

……

珍珠泉的水，由西北侧流出，与院内溪亭泉、散水泉、濋泉等汇聚玉带河，而后，润海棠园，入濯缨湖，轰轰烈烈地北出大院，来到济南古色古韵的文化老街——"曲水亭街"上。在曲水河里，依着风轻绿柳，向百花洲、大明湖流去……

孔子说水有九德："以其不息，且遍，与诸生而不为也，夫水似乎德；其流也则卑下倨邑，必修其理，此似义；浩浩乎无屈尽之期，此似道；流行赴百仞之嵚而不惧，此似勇；至量必平之，此似法；盛而不求概，此似正；绰约微达，此似察；发源必东，此似志；以出以入，万物就以化潔，此似善化也（《孔子家语》）。"也就是说，水，无论是江河湖海，还是山泉溪流，都有这九德共性。

然而，我们济南是泉城。我们济南的水是泉水。我们有趵突泉、黑虎泉、珍珠泉、五龙潭四大泉群；有72名泉，数百眼无名泉。这些泉形态各异，泉语便有些不同了。如趵突泉：平地涌雪，三英争先；黑虎泉：龙腾虎跃，誓破楼兰；五龙潭：澹澹碧水，沉稳内敛；金线泉、柳絮泉、漱玉泉则情意绵绵，一派的柔媚清波了……这不同的情态有着不同的泉语，能让人产生不同的心灵感应。

当然，这是我们济南人对泉的品读，可能与外地的朋友有些不同。外地的朋友来我们这里旅游，看的是奇，品的是甘冽，总归浮光掠影表不及里。而我们济南人生于泉畔，日沐泉水，心系涌竭，看的是势，品的是神，喜欢用泉喻事、用泉明理，所以有一些不同也是正常的。

我是土生土长的济南人，偏爱的是这珍珠泉。

珍珠泉所在的大院，是一座有着800多年历史的大院。始建于金末元初，时为"济南公"张荣的府第。后来，明朝时为德王府、清朝时为山东巡抚衙门、民国时为山东督军府、现在是山东省人大常务委员会机关办公的地方。据资料记载：康熙、乾隆下江南时曾多次入住这里并赏泉赋诗（泉畔立有乾隆赋《题珍珠泉》诗石碑）；毛泽东主席来我们济南视察时也曾三次光临这里，在泉边休息散步……噢，对了，还有唐宋八大家之一的曾巩，他在知齐州时还在泉畔种过一棵海棠呢！这棵海棠，千年了，依旧茂盛，开出的花依旧美丽，散发着一个北宋官员"勤政爱民"的幽幽芳香。

说起来，有这样的出身，身居这样的府邸，受到过这么多帝王（伟人）将相、文人墨客的青睐，"珍珠泉"应该是很尊贵吧，应该还有一种高高在上的、拒人千里之外的骄奢与傲慢吧。

可是，当你走进这里，走近她的身边，你会发现，她却很朴实，很淡定，很平易近人。虽然那份骨子里的尊贵还在，可是骄奢与傲慢早已随岁月去了，就像一位修行得道的高士，参透世间万象，虚极静笃，返璞归真了。

如果，你在她的身边坐下来，静静地坐下来，你的意识里会嗅到旷野的气息、山林的气息、湖泽的气息；你能看见江渚上的渔樵、采菊东篱下的陶翁、坐看云起时的王维。你会感受到一种朴素静谧淡定从容的韵味，甚至会感受到一种遗世独立的仙风道骨的韵致。

我喜欢这种韵致。

这样的一种韵致能让人静下来，精神松下来，试着找回那颗被"急功近利"所蒙蔽的清明之心。能让人重新审视自己，清晰思想，明确目标，进而涤除杂念，看淡得失，以一种从容的心态去面对当下。有了这样的心态，我们每天繁杂的工作和生活便不再是匆忙和焦虑的了，而是一页纸，一页悦心的写满日常生活的演算稿纸，人生的目标就在这一页页的演算里。

所以，我喜欢珍珠泉。每一次走近她，静静地坐在她的身边，望着她那朴素静谧而又淡定从容的样子，就会想起庄子，想起"心斋"和"坐忘"，仿佛就是在做一次短暂的修行……

战场上唱响的喀秋莎

　　自从在电视上看了俄罗斯将于 5 月 9 日，在红场隆重举行庆祝反法西斯战争胜利 70 周年阅兵活动的报道之后，就老有这么一个旋律，于不经意间，在我的脑海里响起。有时是在吃饭、有时是在拖地、有时是在走路，反正是事先也不知道它要从哪里来，只要脑子里一有空闲，它就悄悄地走来。这个旋律就是《喀秋莎》。

　　对于这首歌，大家应该是很熟悉的吧。它是苏联的一首爱情歌曲，旋律很美。歌词写的是一个叫喀秋莎的姑娘，在漫山开遍梨花的季节，站在家乡的河岸边用歌声表达她对远方爱人思念的故事。她的爱人正为保家卫国在边疆与敌人进行着殊死的战斗。

　　这首歌的旋律与一般的爱情歌曲不同。一般的爱情歌曲都很缠绵、很委婉、很柔美，有的还有一些伤感。可它不是。它很欢快、很鲜明、很简洁，无半点的伤感，却隐隐地透着一种自豪的激情。

　　这首歌曲诞生于 1939 年。据说，这首歌在诞生后的一两年里并不红，甚至没有引起多少人的注意。可当 1941 年来临的时候，这首歌唱红了。甚至，在1941年至1945年的这段时间里，它红透了苏联的整个天空。为什么？因为这段时间是俄罗斯历史上最伟大、最艰苦的时期——卫国战争。英勇的苏联红军战士在战壕里唱起了它，在硝烟与炮火中唱起了它，在向敌人冲锋的路上唱起了它。它是一首鼓舞红军战士英勇战斗的战歌。

据说，当时有这么一个很有趣的现象。在战斗的间隙，当阵地上的苏联红军战士唱起这首歌的时候，对面的敌人也会应声附和。大家可以想象一下当时的情景：黄昏，夕阳西下，战场上的枪炮声刚刚平息，浓烈的硝烟还没有散去，寂静的旷野里一棵被炮火烧焦的白杨，斜歪着，还正冒着蓝烟。苏联红军的阵地上弹坑累累，残破的刀枪、弹壳散落一地，无数伤兵与刚刚牺牲的战友横七竖八地躺在被炸毁的战壕里。突然，不知是哪位年轻的小战士小声地唱起了这首歌，紧接着一个又一个的战士跟着唱了起来，不一会儿，整个阵地上便响起了这优美欢快的旋律。歌声很大、很响亮、很欢快，传得很远，一直传到了对面阵地上的敌人的耳朵里。对面阵地上的敌人也开始有人小声地跟唱起来，只一小会儿工夫，跟唱的人多了，声音也渐渐地增大，形成了一片低沉哼鸣的声流。此时，红军阵地上的歌声却更加地响亮了，变成了吞没一切的声浪……

为什么会有这样的情形呢？当我在40年前学唱这首歌的时候，我就一直不明白，一直在想。后来，长大了，终于想明白了：因为，人性中有善的特质、有爱的特质、有柔软的特质，所以，当一首充满了思念、表达爱情的歌曲唱响的时候，每个人都会受到美的触动，引起他内心深处的那份善、美、爱的情愫，因此，出现这样的情景是必然的。但是，双方的表达却是不一样的。因为，苏联红军是正义的一方，歌曲表达的是姑娘对他们的一份圣洁的情感，所以他们唱的就理直气壮，铿锵有力，高亢嘹亮，充满了深情。而当敌人也跟着唱起来的时候，他们认为敌人的跟唱亵渎了他们的这份圣洁的情感，侮辱了他们心中热爱的姑娘，这就极大地激起了红军战士对敌人更加强烈的仇恨，更大地鼓起了战士们为保卫祖国、捍卫这份圣洁情感而战斗的英勇斗志，所以，红军战士的歌声便会更加响亮了，节奏更加坚定了，豪气更加冲天了。而德国纳粹一方是非正义的一方，他们是侵略者，是强盗。当他们跟唱这首歌的时候，就像是一只贼，一只正在偷盗这份圣洁情感的贼，所以他们就底气不足，就畏缩，就胆怯，就声调低沉而且短促，每一个美妙的音符，每一丝圣洁的情感都像一颗颗复仇的子弹直射他们的灵魂。

我很喜欢这首歌，每当我唱起它的时候，我周身的血液就会沸腾，姑娘深情凝望的画面就会出现，心底就会有一种悲壮的情感产生，声调就会自然而然地变得深情、铿锵而响亮。今天，在庆祝中国人民抗日战争暨世界人民反法西斯战争胜利 70 周年之际，我有感于这首歌曲在战争时期所起到的鼓舞自己打击敌人的巨大作用，我特意地写下这样的文字怀念这首歌曲曾经给我们带来的感动，更让我们勿忘历史，倍加珍惜今天的和平，反对一切掠夺和战争。

最后让我们记住这首伟大歌曲的创作者。词：诗人米哈伊尔，伊萨可夫斯基；曲：马特维，勃兰切尔。

二月兰

春天，让人总有一种出门的冲动。

我想去看看大明湖里的那些花、那些草、那些树，还有那猫了一冬的清凌凌的水。

公交车是拥挤的。我站在车中央，右手抓着一个吊环。我的右侧，坐着四个人：胖子、孕妇和一对老年夫妻（白发）。胖子面朝车厢坐着。孕妇护着肚子。两位老人，男的正害春困，女的抱一只残疾人用的拐杖望着窗外。

我一边打量着两位老人、一边猜想：可能是夫妻。

车到了一站，上来好多人。一个老人，颤颤巍巍地进了车厢。周围的人赶紧向两边挤，挤出一条窄窄的道来。老人一大把年纪了，很想坐下来，于是，每走一步就朝四下里看看。这时，胖子看到了，连忙从座位上站起来，伸出手，去拉这位老人，可周围的人把他的手给挡住了。我给这位老人打了个手势，示意他后边有人给他让座。老人看懂了我的意思，开始慢慢地转身。这时，旁边的那位老妇人，突然，用手碰了他一下，然后又碰了碰坐在前面的老伴说："和他换换！"那老伴睁开眼，回头看了一眼妇人，又看了一眼颤巍巍的老人，明白了她的意思，慢慢地站起身子，扶这位老人坐了下来……

大明湖的水欢了，柳也绿了，花也开了。那黄的迎春、红的桃花、白的樱花，还有玉兰、海棠、蔷薇、紫荆、丁香全都开了，姹紫嫣红煞是好看，引得那些大人孩子、姑娘小伙就像忙碌的蜜蜂，围着拍照留念。

突然，我看到了一朵花，一朵小花，很小，紫色的，孤零零地开在岸边的一块空地上。它的周围有几株高大的杨树。杨树们正雄赳赳气昂昂地直指云天。我知道，这是二月兰，一种野花。它叶茎可食，花开素雅，气味幽香，生命力极强。在初春时节，在空闲的野地里、山坡涧旁、灌木林中，随处都能看到它静静绽放的身影。

我走过去，弯下腰来，细细地察看它们。小花呈十字形，粉嫩嫩的，四片花瓣，像蝴蝶的翅膀。那迷人的紫色，由浓到淡，从弧形的边缘慢慢地向花心洇去。花芯处，就差一点成白色了，却又轻巧地飞出几根细细的米黄色的花心来，很鲜亮。我俯下身来对着小花深吸了一口，一股淡淡的清香，便悠悠地滑入了我的肺腑。我的下意识里便有了山林、旷野、水泽的气象，也让我想起了母亲，想起了二月兰与我大哥大姐、还有和我的故事——

三年困难时期，我大哥十二三岁，大姐不到 11 岁，他们两人每天放学以后，都会挎着个篮子，拿一把小铲，去北河（我们家北边的一条河）边挖些野菜来充饥。一天，天已经很晚，掌灯了也不见大哥大姐回来。母亲一着急，就不再想好了。想着她的这一双儿女是不是掉到河里了、是不是让车给撞了、是不是饿得倒在路边了？反正什么害怕想什么，什么不好想什么。想着想着，母亲就坐不住了，就打发了父亲出去找，自己就到街面上朝南北两头焦急地望着。天已经全黑下来了，只有街面上的那盏路灯还亮着。昏黄的灯光给了母亲希望，让她的心里不再全是黑暗。也不知过了多久，大哥大姐终于回来了，出现在街的北头。母亲说："我啥时候也忘不了啊，他们两个小人，又矮又瘦，低着头，弯着腰，趿拉着鞋往这边走。等走近了，我这心里'咯噔'一声，哎呦嗨，俺的那个娘哎！他们两个小人一个挎着篮子、一个背着包，那脸就这么一点点，身上全是土呀！就和刚从土坷垃里刨出来的一样……"当时，母亲心疼得啊，一把就把大哥大姐搂在了怀里，哭了。大哥在母亲的怀里仰着脸问，娘，你哭啥？今天挖得可多了，我们到河（黄河）那边挖的。那里可多了，明天我们还去……

母亲告诉我们，那时，我大哥大姐挖的野菜是马生菜、荠荠菜、诸葛菜。还说，这些野菜，在那个自然灾害年里，不知救活了多少人。后来，我知道了，这个诸葛菜就是二月兰。

当生活困苦到没法活下去的时候，只要心里想到春天，想到地里的野菜，想到那漫山遍野里还会生长二月兰，便有了活下去的希望和力量。

而我真正地见识二月兰还是在1978年的春天。4月，我突然接到了顶替母亲回城工作的通知（我是知青）。人是很矛盾的，尤其是感情这东西有时候还真的是有点说不清。我于1977年9月下乡来到了这个偏远的小山村，七个多月来我是无时无刻不想着回家，没有一天有过要在这里"扎根农村干革命"的想法。可是，真的有这么一天，有人突然告诉我说，我可以走了，再也不用回来的时候，我的心里还真有点舍不得。那些过去的不好，突然间就都忘了，想起来的就都是它的好。在接下来等待回家的日子里，我开始对这片山区（济南南部山区长城岭段）做了一个全面的走访拜别。

那天下午，我登上了最高的天麻岭。老天爷有时真的是不公啊！我在这些翻山越岭的日子里是见到过二月兰的，那都是一小片一小片的，是零零星星的不成气候。可在这里，在这天麻岭上的东坡上竟然全是，整个的一个山坡全是，从上到下，有一种望不到边的感觉。那紫色实在是太霸气了，似乎把山上的空气也都染成了紫色。那一刻，我的内心受到了极大的震撼。没有想到在平时看起来很不起眼的一朵小花，怎么忽然就会变得这么壮观、这么灿烂了呢？那一刻，我很惊讶。我站在那里，望着这漫山的二月兰，望着那缭缭绕绕的紫气，忽然想到了水，一滴水，大海；想到了沙，一粒沙，沙漠；想到了我们生命里的每一次灿烂都是由无数个很普通的，甚至是不被重视的绽放累积的结果。没有普通便没有伟大……

是的，每一朵二月兰都是很普通的。它没有杨树伟岸，没有桃花樱花们名贵。它渺小，朴素，匍匐在地，开在荒郊野地，难入世人法眼，可它普通的生命里却同样蕴含着希望的能量。当它们连成了一片，你看吧，它的蓬勃，它的旺盛，它的素雅的紫色就会织成绚丽的锦缎，绽放出夺目的光彩，像天上紫色的云，飘落在人间，染艳一个个美丽的春天。

黄河壶口，让我的生命高昂

天门中断楚江开，碧水东流至此回。

两岸青山相对出，孤帆一片日边来。

这是唐朝诗人李白的诗，诗中所描绘的是安徽天门山一带的自然风光：一条大江从天而降，浩浩江水把天门山从中间拦腰撞开奔腾而过。两岸大山森森蔽日，东去大江波涛汹涌……

我没有到过天门山，也没有见过滔滔江水把天门山拦腰撞开的那番壮观景象。但是，这首诗，却在我很小的时候，就被牢牢地记在了心里。因为，这首诗所描绘的景象、所彰显的精神，大气磅礴，恢宏壮阔，猛烈地撞击了我的灵魂，让我震撼，让我高昂，所以，我牢牢地记住了它。并且，在之后的许多年里，每当遇到困难，需要勇气的时候，我都会自觉或不自觉地想起它，从而获得一种激励，一种信念，鼓起我克服困难的勇气。

然而，近些年来，我已经绝少再忆起它了。那曾经给我以勇气、胆识、信念，振奋我精神的景象已经绝少再出现在我的脑海里了，已不再年轻的我，似乎已经没有了回忆它的激情，就是偶尔在书中读到它，也没有了从前的那种激越的感受，有的只是一种淡淡的回味罢了。有时，我会默默地问我自己：我，老了吗？

可是，今年的2月，确切地讲是在今年的2月13日，当春天的气息才刚刚开始有些萌动，我和妻女便来到了陕西、陕北，来到了的这片被称为黄土高原的土地上，来到了这条处在黄土高原峡谷深处的黄河身边，来到了黄河壶口。当站在岸边，见黄河之水，浩浩荡荡，闪着古铜色的波光，从遥远的北方天际，奔腾而来，又咆哮着奋不顾身地直射谷底的时候，这首蛰伏在我心底已久的诗便一下子蹦了出来，而且是无意识地、自动地蹦了出来。诗中的景象瞬间在我的脑海里清晰呈现，并与这眼前的景象重合，叠加，再一次猛烈地撞向了我的灵魂。只听得"轰"地一声，便觉有一股长虹之气从我的头顶直接灌入了我的五脏六腑，迅即化作了一种壮阔浩大的气象在我的心中铺展开来。这是一种久违了的感受，止禁不住，恢宏大气，磅磅礴礴，一泻千里，一时间，我竟激动得颤抖不已，疲惫的心顷刻间热烈起来，迟钝的神经顷刻间敏感起来，萎靡的精神顷刻间也高昂起来……

2月13日上午，我们的大巴车，从西安出发，在经过了数个小时的颠簸，在穿过了黄土高原上的无数个隧道、山坡、沟壑之后，终于在下午三点左右来到了黄河壶口。

此时，春阳西挂，天色蒙阴，加之孟春时节，天气寒凉，游人稀少，陕西黄土高原上的这条深山峡谷在冬眠的睡意中尚未完全醒来，到处呈现着一派萧疏、清冷、空阔、昏黄而又旷远的景象。当然，岸上的积雪已是化了的，河道也已大开，宽阔的河面上已无浮冰的踪影，只是这处叫作"壶口"的岸边，由于近水寒冷的缘故，还厚厚地覆盖着一层似被那久远的岁月打磨蚀化了的乳状的冰雪。置身其中，您会隐隐地感到有一股远古的气息在暗暗地涌动、氤氲、弥漫，似乎要牵着您的魂魄朝着那个蛮荒野性的时代游去……

我站在岸边的一块巨石上向四周，向黄河，向着壶口望去。见两岸大山褐色粗犷，连绵高耸，黄河之水由北向南，从大山深处，从大山之间，浩浩而来。先是在数百米的河道上，水流平缓，波光闪闪，像一位闲庭信步的老人从容地涌动。及至壶口处，突然受到了河床上岩石的阻遏，河道也由数百米之宽猛然缩减成了数十米，迅即，那河水便像十万受惊的野马咆哮起来，汹涌起来，奔腾起来，以排山倒海之势向前，向前，向着阻遏它的河岸、岩石扑去，向着壶口的谷底射去。霎时间，涛声如雷，瀑布飞悬，云雾弥天，浪奔潮涌……

我，惊呆了。

其实，这样的景象在通信技术发达的今天，通过诸多的影视作品，我们早已看过无数。就画面而言，那都是无可挑剔的，是摄影大师们克服诸多困难，在水势最大的时节，选最好的角度，用最好的设备精心拍摄的杰作。可这样的画面完全不能替代您在现场面对黄河壶口时所能获得的感受。这种来自视觉、听觉、触觉、物我感应所产生的冲击震撼人心，夺人心魄，涤荡灵魂，使人热血沸腾，感情迸发，天门大开，陡生幻觉，生出一种气象来。

我久久地伫立在岸边。任凭如雷的涛声震裂我的耳膜；任凭奔腾的激流晃花我的双眼；任凭漫天的水雾洒落在我的身上。我全然不动。因为有一种声音正在我的耳边响起；一个场景正在我的脑海中形成；一种气象正在我的心中酝酿完成。那是皇帝擂响的战鼓；那是大禹治水的战场；那是巨龙舞出的图腾；那是秦汉的明月唐宋的华章；那是纤夫的号子苦难的呻吟；那是战马的嘶鸣，冲锋的号角，不屈的反抗……

我，迷离了。我，恍惚了。我在黄河的波涛里穿越了几千年的时光。继而，我又清晰了，坚定了，豁达了，宽阔了，一种饱满的激情在我的胸中激荡，一种久违的气浪从我的心底腾升，扩散，把我周身的气脉打通。于是，我的热血沸腾了，我变得高昂了。我想大声地呼喊，喊出几千年来黄河奔腾不息长吟咆哮的最强音……

我，又找回了我自己，找回了我那曾经年轻而又热烈的生命。

情忆西湖

一

第一次听说杭州、听说西湖是在童年。

那年，我6岁，是1966年，"文化大革命"刚刚开始。10月，红卫兵爬上了驶向东南西北的火车，开始了全国范围内的大串联。我的大哥也是一名红卫兵小将。11月底，当我们济南满目枯黄的秋叶快要落尽的时候，大哥回来了。

晚饭前，大哥站在父亲跟前，慎慎地汇报他这一路的行程：武汉、南昌、南京、上海、杭州、广州……

晚饭后，大我几岁的姐姐领着我，缠着哥哥，让他给我们讲他这一路上的见闻。大哥说，杭州最好。上有天堂，下有苏杭。杭州是人间天堂。那里有一个湖，叫西湖，好大，好漂亮，比我们这儿的大明湖还大、还漂亮……

这是我第一次听说杭州，听说西湖。

在后来的很长一段时间里，我和姐姐都会趴在大哥带回的那张西湖地图上，循着大哥讲过的行踪一遍又一遍地看，一遍又一遍地想。想那西湖的水一定比我们济南大明湖的水还绿、还清。想那西湖中的荷花一定比我们济南大明湖的还红、还香。想那西湖中的柳树一定比我们济南大明湖的还多、还漂亮。想那西湖中的湖心岛一定也生着一棵老粗老粗、老高老高的柳树，一定也立着一座非常好看、非常好看的亭子，也叫"历下亭"……

渐渐地，我的心里有了一幅画、一个梦。画里，天蓝水清，风轻日暖，桃红柳绿，鸟语花香。梦里，我和姐姐、大哥坐在一只小船上。大哥在船头，姐姐在船尾，我在船中央。船在西湖里飘呀飘呀，荡呀荡呀，我们高兴地追小鱼，摘荷花，还捞水里的月亮……

二

第一次去杭州是在 1983 年的夏天，大学毕业，去实习。记得是从苏州，走大运河，坐了一夜的船，第二天蒙蒙亮的时候到的杭州。住在什么地方已经记不得了，只记得那个地方很偏僻，很简陋。吃过早饭，我便决定，一个人趁着有一天休息的时间，偷偷地去游西湖。

走之前问了店家的门卫，只知道附近没有车站，出门向前走，然后向左拐，再坐车，再换车。至于从哪里上车，坐几路车，换几路车，从哪里下车一概不知。好在年轻，胆壮，就只管认准了方向，朝前走。

出门不远，天就阴了下来，不一会儿就下起了小雨，毛毛雨。我不以为然。又过了一会儿，突然，风骤起，天色昏暗，猛然间，"噼里啪啦"地下起了雨（雨点大，稀疏）。我有些慌乱，想找个地方避一避，可环顾四周，空旷的街面上居然没有一处可供避雨的地方。这下，我有了打退堂鼓的意思，想找个人问问，看看西湖离这儿到底有多远，如果太远就不去了。正好前方，有一个妇女，正打着伞走着。我急忙追上去，问，到西湖怎么走？远不远？妇女停下来，先是看了我一眼，然后就用那种轻轻柔柔的吴音软语说了一遍。那声音很好听，可好听归好听我却没太听懂，只管瞪着一双大眼望着她。妇女看我一脸茫然的样子，知道我未听懂，便又连说带比画地给我讲了一通，还在那轻柔的软语里夹带了一些普通话。这次，我听懂了，但有疑虑。因为，那时，在我们这儿，常听人说，南方人不实诚心眼多，出门在外不要轻信他们，免得上当受骗，所以，此时的我还是半信半疑。我转过身去，从书包里取出地图，打开，细细地查看起来，想验证一下她说的对不对。说实在的，我是一点儿也没有看懂，就连我当时所在的位置也没有找到。也不知过了多久，突然，我感觉那雨好像是停了，便抬起头来想看看天。没想到，看到的却是一把伞，花伞，印着蓝色小碎花的花伞，从后边，确切讲是从我右侧的后边，撑在我的头上。我当时一惊，急忙扭过头去看那打伞的人。呀！是她，是那位刚刚给我指过路的妇女。我先是一愣，马上明白过来：原来她没走，她在我转过身去查看地图的时候，为了不让我淋雨，就一直站在我的身后，默默地给我打着伞（我查看地图太过认真竟没有察觉）。我的心头一热，同时也不好意思起来，赶紧一边说着"谢谢"，一边把手中的地图胡乱地收了起来。

说实在的，我当时是有些尴尬的，心情也有点复杂，既有感动的成分，也有羞愧的成分。应该说，羞愧的成分还是要更多一些。因为，我刚刚还在怀疑她，怀疑她是不是在骗我，可是，猛然间就出现了这么一幕，您说，这怎么能不让人羞愧呢？

她问，看明白了吗？我不好意思地说，没有，一点也没看懂。她说，走吧，我送你过去。

我本想说不用了，可看她一脸温和的样子，便没有说，什么也没有说，就这样跟着她，在她撑开的花伞下，向前走去。

……

车来了。我上了车。在车子开动的瞬间，我突然想起来我还不知道她是谁，于是，便急急地向车窗外望去。她已朝来的方向走出去了好远，只留了一个背影给我。我不无遗憾地望着她，在雨中，打着伞，越走越远，越走越远……

"杭州是人间天堂。"当时，我忽然想起了大哥曾说过的话。

三

雨在慢慢地下着。风在缓缓地吹着。柳枝在轻轻地飘着。浩大的湖水被阴蒙蒙的天空罩着。湖面上雨雾弥漫，由近至远，由淡至浓，看不到尽头……

这是我第一眼看到的西湖，没有看到一只船，更没有看到大哥曾经给我们讲过的、那西湖地图里清晰地标注着的三潭印月，只是看到了雨雾，像沙、像烟、像云一样的一片白茫茫的雨雾。如果说我也看到了苏堤、白堤、湖心岛和那三面环绕的山峦的话，那也是一笔笔洇在雨雾里的墨迹，浓浓淡淡，影影绰绰，朦朦胧胧。

我很激动，可以说是震撼。因为在我们济南是绝少能见到这种雨雾迷蒙的景象的，有的只是七月里热辣辣的阳光，干燥燥的空气，急呼呼的雨水。

我被眼前的景色迷住了。

那一天，整个的一天，我都在西湖岸边漫无目的地走着。究竟看了些什么，说真的，我是一点儿也说不清的，反正就是走。一个穷学生背着一个印有"为人民服务"字样的黄书包和一个老式的军用旧水壶，在疏疏密密的林子里走，在摩肩接踵的人群里走，出了一片雨雾，又走进了一片雨雾。只是记得处处是风景，处处是游人，处处是浓艳。而真正地静下心来，品味西湖的美，有了物我反应则是在晚上。

那晚是有月光的。

我记得那断断续续下了一天的雨，下午的时候就停了。风也停了，阴云也散了，当夕阳该出来的时候，天空出现了夕阳红。至晚，星星就出来了，月亮也出来了。那月亮好大，把个阴郁了一天的西湖照得明晃晃地油亮。

当时，我在苏堤上，面朝湖水，坐在柳树下的一块石头上，看那一湖的水那么静，那么油亮而慵懒地摇着，像岁月老人讲述的一段古老的故事；看那月色那么皎洁，那么清冷而悠闲地洒落着，像月宫嫦娥弹奏的一曲缠绵而又凄美的情歌。我的心在阵阵地悸动，忽然生出一种情愫来。那是一种莫名的、带有怀想而又伤感的情愫。这种情愫让我有了一种孤寂感，但，很充实，很饱满，也很美好。她伴着明晃晃的湖水在这静谧的月色里不知不觉地蔓延开去……

我从书包里拿出口琴，慢慢地放在嘴上，和着静谧的月色轻轻地吹奏出了一首歌曲："在那金色的沙滩上，洒着银色月光。寻找往事踪影，往事踪影迷茫……"

这是一首名叫《在银色的月光下》的情歌，是由我国著名音乐家，有"西部歌王"之称的王洛宾先生根据新疆民谣改编的华语歌曲。其曲调、歌词都很优美，让人遐想无限。

我学习它的时候还是一个十四五岁的少年。记得最后一次吹奏是在农村，我17岁当知青时所在的一个小山村。那也是一个月色皎洁的夜晚，由于想家，也由于怀有少年特有的浪漫，我和几个男女同学坐在山坡上的一棵核桃树下吹起了它。可自此，便再也没有吹奏过它了。没有吹奏它，一是因为这首歌在当时被斥为靡靡之音，黄色歌曲；二是因为在后来的日子里没有了那种能引发情感的人、事和环境。而今晚我却吹奏起了它，而且是在一种无意识的情态下吹起的，是西湖触动了我内心里那最最柔软的地方，让我又回到了从前，唤起了我那一份少年时特有的浪漫情怀。

西湖，真的是个很神奇的地方。她能唤醒人们曾经埋在心底的那份最真挚、最浓烈、最美好的情感。让人变得年轻、纯情、温柔和浪漫。

那晚，我和着月色与静谧把这首歌曲吹奏了一遍又一遍，一会儿缠绵悱恻、一会儿缱绻深情、一会儿忧郁低回、一会儿抒情悠长，把这首歌演绎得丰富多彩（自以为），同时也让我的情感得到了尽情抒发与挥洒。后来我又吹奏了《舒伯特小夜曲》《莫斯科郊外的晚上》《山楂树》《小路》《喀秋莎》等一些抒情歌曲，引来了好多游人驻足围观。在他们的赞誉掌声中，我也是情绪高昂，忘记了疲倦与时间。记得我回到住地的时候是夜里一两点钟了……

这就是我的最初的西湖记忆。

如今，许多年过去了，尽管在这许多年里我曾不止一次地又去过那里，可西湖，仍像一首诗、一阕词、一首不老的情歌一样，让我吟不够、诵不够、唱不够，心心念念地向往着她。

感悟普陀山

朋友听说我刚从普陀山回来，便问我那里的风光如何？佛事如何？有何感想？我本想用一连串诸如风景旖旎、四面环海、山清水秀这样的词汇来形容它，忽然觉着这些俗词滥调是如此的苍白，怎么能形容出它的美呢。可，我又该用怎样的语言来形容它呢？连续几个夜晚，我坐在灯下认真地思考这个问题。普陀山那一幅幅浸润着佛光仙气的美丽景色、一段段神秘动人的美丽传说、一声声天籁般的经声佛号便幻影般地浮现在了我的眼前。我忽然明白了该如何来描述它，于是，写下了这些文字。

——题记

一

普陀山到底有多美？

传说：唐咸通年间，有一个叫慧锷的日本僧人从五台山请了观音菩萨东渡回国。在途经一片海域时，突然狂风大作，浊浪滔天。小船势危，只好靠岸停船。三天以后，海面上风平浪静，晴空万里。僧人大喜，便拔锚起航。可那船却动弹不得。僧人甚是纳闷，遂细细察之。却原来，在这看似风平浪静的海面之上，漂浮着千万朵金光闪闪的铁莲花，那船被困其间根本动不得半分。这僧人更是诧异，何来这铁莲花呢？便疑惑着瞻顾左右。但见那海，金光闪闪，浩瀚无际，澹澹海面，万朵金莲盛开。再看脚下这山，云山雾绕，树木蓊郁，清泉潺潺，百鸟啼鸣，真世外仙境一般。僧人顿悟：原来，这是观音菩萨显灵了，不肯离去而欲久居啊！遂弃船登岸，建寺院供观音菩萨于寺中，并题名曰：不肯去观音院。从此，观音菩萨在此设坛讲经说法，普度众生，历千年而不衰。

朋友，你说这观音菩萨，是西方极乐世界教主阿弥陀佛座下的上首菩萨，乃"西方三圣"之一，早成正觉（佛），何等的仙山仙境未曾见过，尚且留恋此山，你说这山美不美？

观音菩萨讲经的魅力到底有多大？

传说：观音菩萨每每在此讲经说法之时，菩萨金光环绕，端坐莲花宝座，手持玉瓶杨柳，慈眉善目，声若天籁。四方信众不计水迢路远，浪大风急，蜂拥而至。普陀山上香烟缭绕烛火通明。莲花洋里万千莲花竞相盛开。世间纷争停息，太阳早早东出。东海龙王闻后大惑，便派了两个龟相前来听经，欲一探究竟。未曾想，那俩龟相竟然听得入了迷，执意皈依佛门不愿再回龙宫了。龙王大怒，一气之下将它们化作了两块前后相随的石头，永远定卧在了普陀山的一块巨石之上。此石曰"二龟听法石"。

朋友，当你您听说了这个故事以后，您自己说，观音菩萨讲经的魅力大也不大？

观音菩萨法力当真应验否？

传说：古有姑嫂二人驾扁舟一叶渡莲花洋来朝山进香，几近码头时，不巧小姑"天癸"（月经）来潮，自愧不洁，恐冒犯仙山，遂未敢下船。其嫂责其无福朝圣，便独自进山去了。时近中午，潮水大涨，船与岸相隔甚远，那小姑坐在船中，饥饿心慌，又无法登岸，正心焦得不知如何是好。就在这时，但见一村妇，红褂绿裤，臂挎竹篮，轻盈地走到海边。先是向潮水里投下了一些石块，然后便踩着这些石块飘飘然来到了小姑船上，一边放下竹篮，一边说这是其嫂托她捎来的，随后便飘然离去。小姑看时却是热腾腾的饭菜若干。遂喜。然，且吃且疑。过了不久，其嫂进香归来，遂对嫂说起此事。嫂亦感奇怪，便匆匆着返回观音殿中，见观音菩萨衣裙仍湿着一角，顿时醒悟，原来这是观音菩萨应我所求，做的善事。遂上香跪拜还愿。现有《短姑道头》《短姑圣迹》仙迹为证。

朋友，您听了这样的传说，还能再问观音菩萨的法力当真应验否吗？

这座山，就是普陀山。这片美丽的海域，就是普陀莲花洋。这三个美丽的传说只是我随意从资料中查得、整理、润色、记录于此。然而，那些弥漫着传奇、神秘佛教色彩的传说、故事、诗文、亭台、水榭、岩石、岩洞、寺院、奇花异草、千年古樟在那普陀山上可谓比比皆是。你一走进普陀山，就会为这些美丽的景色、美丽的传说、美丽的诗文所倾倒、所迷离，惶惑于"凡"与"仙"之间，不由得赞叹：普陀山，真人间仙境也！

二

普陀山，古称梅岑山，位于我国浙江省舟山市，是东海海面上舟山群岛中的一座岛屿，与世界著名的渔港——沈家门码头隔海相望，素有"海天佛国"之称。

普陀山之名出自佛家经典《华严经》。因第六十八卷中有"于此南方有山，名补怛洛迦，彼有菩萨，名观自在"的记载，故，世人称此山为"普陀洛迦山"，简称普陀山。

普陀山宗教活动历史非常悠久。自秦以降，在悠悠的两千多年岁月里，普陀山先道而后佛，经过了一个漫长的变化过程。据史料记载：早在秦时普陀山上就有道人安其生者隐身修道，汉、晋两代亦有道人梅福、葛洪者在此采药炼丹。而"梅岑"之名即缘于汉代的梅福。而成为佛教名山观音道场则始于唐代。而真正成为专供观音的道场则是在南宋时期：嘉定七年（1214 年）朝廷赐银修缮圆通殿并下旨指定普陀山为专供观音的道场。从此，普陀山观音菩萨道场与山西五台山文殊菩萨道场、四川峨眉山普贤菩萨道场、安徽九华山地藏菩萨道场合称为我国四大佛家道场而名扬天下。

因了上述种种姻缘，千百年来，人们在山上广植奇花异草，依山取势大肆修建寺院来供奉观音菩萨。并分别在每年的农历二月十九、六月十九、九月十九（观音的诞辰日、出家日、得道日）自发地进山朝拜进香。届时，四海信众纷至沓来，莲花洋里船来船往络绎不绝，普陀山上人山人海烛火通明，真可谓：香烟缭绕达仙界；经声佛号闻天庭。呈现出一派世外净土、海天佛国的壮观景象。

对这样的一块佛家圣地，人间仙境，我是早已向往，终于在今年的 6 月 13 日，有缘从杭州出发，于中午时分登上了普陀山而如愿以偿。

站在渡船上，眺望着这座茫茫大海中的仙山孤岛，心中的感觉确实非同一般。

那山像一块"西方极乐世界"飞来的巨石悬卧于浩瀚的莲花洋上。一抹雪白的、淡淡的云雾从蓝天白云里猛然飞出，划过湛蓝的海空，将其轻轻缠绕。似刚刚将其轻置于海面，又似欲将其轻轻地缠带而去。而周围，海天茫茫，上下天光，一碧万顷，不禁让人大发"海上有仙山，山在虚无缥缈间"的感慨。

弃船登岸。隐约中似有氤氲的"合和"之气扑面而来，令你有刹那间的惊诧之情一晃而过。惊诧之余，广场上那"海天佛国"四个大字便映入了眼帘。远观，其熠熠生辉；近观，隐有阴阳之气暗暗浮动，使你立刻就肃然起来。

这种肃然的情态，是你所不陌生的。那是你从你所看到的（现实生活中、影视作品中、文学作品中）那些佛教信徒们匍匐礼拜时的虔诚的情态中所获得的。那是一种内心的敬畏，一种对宗教信仰的虔诚，一种随时要把灵与肉全然柔和的、忘却自我的体验。

顺着俗人们铺就的山路朝山里走去。"静"和"净"是你最强烈的感受。静，是静得出奇，静得似乎大山一无他物。而净，则是净得超凡脱俗，净得似乎不染尘世的一点痕迹。

四周山峦微耸，树木茂密。朗朗晴空，一碧如洗。远处的山岚，漂浮迷离。近处的奇花异草，争奇斗艳。挂在嫩绿的枝叶上的湿露，晶莹剔透，在阳光下跃动着七彩的光。偌大的天地没有一丝风，连风息也没有，空气静得如凝滞一般。

忽然一声鸟鸣，一声汇合了佛音的鸟鸣，划破寂静的幕幔，天籁般从密林深处传出。不过，只是一瞬，很快就消失了。然而，你却感到是那么的悠长，悠长得会在你的意识里留下一种很深刻的意象。而这种意象一定会使你在今后的岁月里，无论是何时何地，只要一想到"静"和"净"这两个词语中的任何一个，便会在潜意识里隐隐地感到或呈现出一派安逸、恬淡、清甜的氛围。

我忽然有一种感觉，一种下意识的感觉：莫非我离开了凡间，走进了世外？

真的！在这样的环境里，吸一口气，你会感到空气是清甜的、滑润的。你的五脏六腑会立刻变得干净顺畅起来。你的四肢会变得柔软起来。你的灵性会更加灵动起来。不知不觉间，你便会去除了焦虑与烦恼，你的精神，你整个的身心便会变得宁静与安详了。

继续往山里走，你会感到这山里的一草一木、一山一石、一亭一台，甚至是一池溪水都像是在安详地默默地注视着你。

那山上的奇花异草似有佛性般地朝你轻轻摇曳；葱茏碧绿的古樟树像参透世间万象的老者安逸得无声无息；那赤黄的寺庙一角也伸出山林静静地俯瞰着你；那一池（放生池）清澈的柔波像浸透了佛的灵光，泛着隐隐的金色，也在静静地、无半点涟漪地候着你。只有那池中的几尾锦鳞舒缓、惬意、自由地游弋着。只有从山里流出的那一溪泉水轻快地、自在地流淌着。只有山里的丝丝凉风不时地、不紧不慢地捎带着虔诚的香火从仙山的深处飘来。唉，这一切在佛的引导下是多么的豁达、从容、舒缓、轻柔、悠闲和清明啊！

我忽然在想：这会不会就是佛引导众生所要到达的境界呢？可人啊，受着那无边欲望的唆使，早已浸染"贪、嗔、痴"三毒，如何才能到达这种境界呢？《心经》上说："照见五蕴皆空，度一切苦厄。舍利子，色不异空，空不异色，色即是空，空即是色，受想行识，亦复如是"。我想大概只有彻悟了"色"与"空"的含义，明心见性，达到一种"见性""顿悟""自觉"的境界，才会如此吧。

普陀山上最重要的有三大寺院，一曰：普济禅寺；二曰：法雨禅寺；三曰：慧济禅寺。这三大寺院全都依山取势，坐落在普陀山的峰麓古树之间，远远望去，重檐斗拱，错落有致，气势非凡。

三大寺院群中数普济寺规模最大，千百年来凡重要的佛事活动均在此举行。寺院内古樟参天，碧草如茵，殿殿相连，院院相通，往复回环，深邃清幽。寺内更有一正殿，曰：大圆通殿（圆通是观音菩萨的别号）。其面阔七间，深六间，可纳数千人，有"活大殿"之称。佛事时，坐四五百人看不出大来，容数千人也显不出小来，犹如可伸缩的一般，岂非怪事？大殿正中端坐着高达 8.8 米的观音菩萨。菩萨端庄慈祥通体金色，瑞气环绕祥光闪闪，含笑目视着天下众生。善财、龙女紧跟左右。菩萨三十二应身塑像分列两边。大殿呈现出一派庄严、肃穆、祥和的氛围。

此时，虽说是淡季，但寺内香客也仍数不清，香火弥天，经声天籁。但是，这里却无一点嘈杂、无一处拥挤、无一时紊乱。香客们的神情都极其虔诚、庄重，而又十分谦和。融身其中你会感到观音菩萨的圣光笼罩着你，你的心会不由自主地沉下来，没有了焦躁，变得安详与谦和了。你会有一种"释然"的感觉。你会被香客们虔诚的情态所感召，朝香炉走去，然后点起三炷高香，面菩萨而拜。

你不是佛教信徒，不是有神论者，或许会问：何以会如此呢？佛会告诉你：万物皆有佛性。

普陀山的另一看点那就是日出、蓝天、大海、白浪、金沙、白帆和渔家。但是，由于观音菩萨的缘故，这里的一切似乎比别处的更明媚、更清丽、更淡雅。而那大海似乎更添一番情致——谦和、柔顺和安详。

三

夜幕已降临，黑黝黝的普陀山与黑漆漆的天幕完全融合。然而，渔家的酒肆灯火、意识里的经声佛号却搅动的我没有一丝睡意。披衣出门，顺着山路，信马由缰，朝山里走去。

月光如水，森木幽幽，萤灯昏暗，海风嗖嗖，树叶沙沙，虫声唧唧。朦胧中，山岩木道上似有身披袈裟的僧人在悠闲慢行，湿漉漉的莲花路上似有虔诚的香客在匍匐而行，大海的潮涌中似有佛音在声声咏诵。

佛教，这个来自西域的洋教，何以千年不衰而为中国民众所接纳呢？观音，这个外来的菩萨何以会如此深刻地、久久地深入人心呢？

——佛家倡导"无缘大慈，同体大悲"是真正的博爱无疆。

——佛家誓言"地狱不空，誓不成佛。众生度尽，方证菩提"是真正的无私奉献。

——佛家提出"天上天下，唯我独尊"是真正的众生平等的人格宣言。

由此可见：佛家讲的是慈悲为怀、众生平等、无私奉献与博爱无疆，每一条教义都是对人类有益无害的，所以，必将发扬光大。

观音菩萨早成正觉（佛），依照佛家的教义，应升西方极乐世界，享无忧之生活，度不老之金躯。然而，因看到娑婆世界芸芸众生浸染"贪、嗔、痴"三毒，陷无边烦恼之苦海，便感同身受，大发慈悲怜悯之心，倒驾慈航，重入娑婆世界，行菩萨事，应急救难，苦口婆心，帮助众生洗净蒙昧之心，清除贪婪之欲，脱离世事纷争之苦海。这是何等的无私奉献之精神，何等的大慈大悲之情怀，何等的大爱无疆之壮举呀！

敢问：谁见过观音真身？回答：没有人见过，同时，又没有人没见过。何也？因为，观音就在我们每个人的心里，她是人们所追求的善的化身、美的化身、爱的化身、智慧的化身、大慈大悲的化身。她是那样的清晰、那样的丰满、那样的慈祥，就屹立在人们心底最最温暖的地方。这里是人性中爱的海洋。海洋不枯，观音永驻。

不知走了几时，拐过了几道弯，翻过了几道梁，但闻惊涛拍岸，隐见浪卷云涌，我已站在了山顶（佛顶山）。环顾四周，大海无边，云雾茫茫，遥远的东方已出现了一片红晕。

少顷，太阳出来了……

也不知道为什么，我感觉这里的太阳与别处的有所不同。特别是与我在长城上、黄山上、泰山上见到的有所不同。长城上的太阳映着世事纷争。黄山上的太阳闪着炫目色彩。泰山上的太阳张扬着帝王将相的无边豪情。而这里的太阳却充满了柔和的温暖、敦厚的慈祥、博爱的情怀，更加蓬蓬勃勃。

走进安吉

一

听说安吉，是在哥哥稚嫩的画笔里；听说安吉，是在爸爸泡出的清茶里，在那一片片绿叶、一缕缕升起的清香里……

"文革"时期，我还是个七八岁的孩子。有一天，当红卫兵的哥哥不知从哪里找来了一本画册。画册的封面上站着一个穿长衫的微胖的老头儿，脸上没有半点表情，就这么垂着手静静地看着外边。

哥哥很喜欢这本画册，自从有了它便不再疯跑出去了，每天都会一个人躲在房间里一边翻看一边拿一支笔在那儿入迷地画着。

我很好奇，就黏着他。哥哥告诉我，这是吴昌硕的画册。吴昌硕是画家，了不起的大画家。他是南方人，老家在安吉……

那个学期，哥哥用爸爸的绘图笔在我的新课本的包书皮上画了一幅画：一枝梅花、一块石头。那石头的样子很怪，看上去很壮硕。那梅花老枝纵横，花朵点点，像是在那怪石缝里长出来的。哥哥还笑着在画的左下方留下了这样的一行小字：昌硕弟子画。

这，便是我第一次听说安吉。再次听到安吉是十多年以后的事了，而这一次，我品饮了安吉。

那年，从南方出差回来的爸爸带回一包茶叶。茶叶没有包装，就装在一个白色的信封里。

记得那次，爱喝茶的爸爸，戴着他那副黑边的老花镜，很是稀罕地把茶叶从信封里取出来投进那把茶壶里，然后，又把暖瓶里的热水倒进一个大号的缸子里，端着缸子好一阵地摇晃，待里边的水凉了些，这才把水冲进茶壶里。

从这茶壶里倒出来的水在白色的茶碗里澄清微黄，还漫浸着淡淡的绿，就像已经泡过了几泡，业已褪了色的乏茶。

我问爸爸。爸爸说这是白茶，就是这个色。我端起一杯喝下去。色淡，可那味却不淡，有一种清香。这种清香，有别于那时我们常喝的茉莉花茶，不浓郁，很淡雅，很鲜纯，有一点点的杀口，但，却又不涩，很爽口，就像……像什么，那时的我是说不上来的。

爸爸说，这是安吉产的白茶，野生的……

呀！安吉。一听到安吉，我忽然就想起了那个穿长衫的有点胖的老头儿，没有半点表情，就这么垂着手静静地看着外面。我突然明白了，这是一种平和、一种静美、一种雅致，流溢着的是一种脱俗的韵味，是一种与浓郁芬芳相对应的淡雅清秀的韵味。

这，就是我印象里的安吉了。

二

真切地感受安吉是在今年的夏天。

7月8日至11日，我应散文选刊（下半月）杂志社、海外文摘杂志社的邀请，参加了在安吉中南百草原旅游度假酒店举办的"中国梦，中南百草原之梦"全国作家笔会暨第三届文学创作周的活动，才第一次真正地走进了安吉。

在来安吉的前一天，我对这个即将走进的既熟悉又陌生的地方做了一些功课，查阅了一下它的历史、人物等方面的资料，这才发现，安吉不光是流溢着淡雅清秀韵味的一方江南山水，还是一块从远古走来的沸腾的土地，这里的人物秀其外、刚其内，在我国几千年的历史长河中掀起过波澜壮阔的巨浪。

安吉位于天目山北麓的太湖南岸。一条名曰"西苕溪"的河流自西南向东北横贯全境。这是安吉的母亲河。

秦时，始皇帝统一天下，废分封制，行郡县制，安吉为天下三十六郡之一，曰：鄣郡。东汉灵帝中平二年，帝取《诗经》"安且吉兮"之意，赐名"安吉"。此为安吉得名之始，亦为建县之始，距今已1800年。现时的安吉属浙江省湖州市管辖。

安吉的历史非常久远，是人类文明的发源地之一。2002年，在对安吉苕溪河流域"上马坎"的考古挖掘中，出土了大量的旧石器时代的打制石器，考古学家确定距今有78万多年。

在春秋战国时期，安吉是越国早期的城邑。一座于1986年挖掘于安吉县地铺镇的古城昭示着这里曾是越国的都城。而在接下来的进一步的挖掘中又发现，这一城邑曾历经东周、秦朝、两汉、两晋六个朝代。

春秋晚期，吴越两国相互攻伐，长达37年之久，最终以越国灭掉吴国，越王勾践成春秋最后一个霸主而结束。其中最著名的战争就是檇李（嘉兴）之战。檇李之战，对于吴越两国来讲，意义非凡，从而又衍生出了后来的会稽（绍兴）之耻、卧薪尝胆的故事。在这些故事中，人们耳熟能详的我国历史上的一些著名人物悉数登场。允常、孙武、阖闾、夫差、伍子胥、勾践、范蠡、文种、西施等，他们共同演绎了中国历史上的这段波澜壮阔的吴越争霸的战争史剧。特别是卧薪尝胆的故事，越王勾践以忍辱负重、坚韧不拔的品格，励精图治、立志雪耻的精神，至今仍对世人有着巨大的启迪、垂范作用。

安吉是一块钟灵毓秀的土地，这里人才辈出，各领风骚。

东汉末年，天崩地陷，魏蜀吴三国鼎立，安吉属东吴辖地。此时，三国争霸，东吴有安吉人士朱然者领兵拒敌，北抗曹魏，西拒蜀汉。建安二十四年（公元219年），朱然与大将潘璋在临沮生擒蜀汉名将关羽，名震华夏。公元222年朱然助陆逊抗击刘备。是役，朱然率五千人马手举火把率先突破备军前锋，猛插其后部，切断了刘备的退路，在猇亭之地火烧连营七百里，取得了猇亭之战的胜利，令蜀汉胆寒。公元223年，曹魏大将曹真、张郃等率重兵围攻江陵，时任江陵守将的朱然以弱兵五千抵抗十倍于己的曹魏强敌，斗志昂扬，激励士卒，殊死抵抗，激战六月余，终于取得了江陵保卫战的胜利，谱写了安吉人历史上最为精彩的篇章，也在世界人类战争史上留下了城池保卫战的经典范例。

吴昌硕（1844.8.1—1927.11.29），原名俊，字昌硕，别号缶庐、苦铁等，安吉人，清末"海派"四大家之一，曾任西泠印社首任社长。这是我国晚清向近代过渡时期的最杰出的艺术家，集诗、书、画、印于一身，融古烁今，独树一帜，世誉一代宗师。

读罢这两个人的故事，我是感慨万千，本以为朱然是个身高八尺，勇武刚烈的大汉，可事实上，朱然却是一个文弱清秀的书生。据史书记载，朱然身长不足七尺，折合现在也就一米六七的样子，干练精瘦，面庞清秀，双目炯炯有神，性格沉稳坚定。这样的一位清秀书生，在三国争霸中，在悍将如林、赳赳武夫的战场，却能跃马提枪，纵横沙场，笑傲西风不丈夫，这是一种何等的刚烈，何等的英勇？真令我肃然起敬。而吴昌硕也是一介书生。少时跟父亲学习诗书，22岁得秀才，之后便只身游历，寄身山水，寻师问道。56岁时曾得友人举荐任安东县令，然，仅月余即仿陶公而去，此后，便一生浸淫诗书画印而无间断。这是一种怎样的洒脱而又坚韧的品质？非内心刚毅倔强者不能为也。伟哉！

其实，这两个人物，只是安吉历史上众多英才中的代表。他们一武一文，之所以能在各自所处的时代和领域独领风骚，成一代风流，细究起来，都有这么一个共同的特点：秀外而刚内。我想，这或许是生活在这方清秀而又沸腾的热土上的所有人物都有的一个共同的特质吧。

三

下午六点多，我们乘会务组接站师傅的车来到了本次活动的住地——安吉中南百草原旅游度假酒店。

在从湖州高铁站来酒店的路上，天始终阴沉着，雨也时有落下，我猛然发现，我们正走在一群山的怀抱里。那阴云下的群山，起伏连绵，一峰挽着一峰，在如烟的云雾中缠绵着逶迤蜿蜒。我们的汽车在飞快地向前奔驰，那山峦便飞快地向后退去，我们转弯，那山峦也转弯，可那一排排、一片片从山峦上笑盈盈地冲下来的绿色却铺天盖地地向我们拥抱而来，像海浪的潮水……我们扎进了绿色的海洋里。百草原旅游度假酒店就是停泊在这片绿色海洋里的船。

百草原，一听这个名字，你一定会认为它是个植物种类繁多，一望无际的大草原吧。其实，不是的，它是山。确切地讲，它是一群山，一群连绵不断的山脉。这群山脉为绿色植物所覆盖，远远望去，郁郁葱葱，就像碧草茂盛的千里大草原一样。我想，这或许是百草原人充分发挥自己的想象力而特意取的这样的一个名字吧，旨在告诉世人，他们的家乡非常美丽，满目绿色，就像千里大草原一样。

百草原的山叫马鞍山，属天目山一脉。据当地的朋友介绍，这里原先是一片林场。林场里有翠竹万亩，森木蓊郁，珍稀植物不下百种。两千年之初，在安吉县"生态立县"战略的号召下，百草原人因地制宜，充分发挥自己的聪明才智，把自然山水与人文景观融为一体，将其建设成了现在的旅游景区。现景区占地 5600 亩，拥有森林、草原、湖泊、湿地、竹海、野生动物等生态资源以及千年朱家古井、状元谷、东吴历史上的著名人物朱治、朱然故居等遗迹，是国家 4A 级的度假旅游区。

在接下来的三天里，我们在这里开会聆听了著名作家韩静霆、巴根两位先生所做的《我的文学之路》的报告，探讨了文学的意义。我们参观了百草原，在百草原万亩竹林里行走、寻觅、探访历史踪迹，感受中国竹乡那清秀的韵味。我们参观了安吉历史博物馆，对这方土地有了更深、更全面的认识。我们参观了吴昌硕艺术馆和故居，在大师出生的地方，沿着大师的足迹，欣赏了大师的艺术作品，领悟了艺术与人生的真谛。当然，三天里，我们也品尝了安吉竹胎酒、安吉竹笋宴和上好的安吉白茶……

通过这一系列的活动，我们加深了对安吉的认识，了解了安吉的人文历史及风土人情，感受到了这一方土地的脉脉深情，作为我这个对安吉早有情缘却无缘走进的人来说也算是了了一桩心愿。

要问有没有遗憾，那也是有遗憾的。没有去"上马坎"遗迹看一看，没有去我们祖先繁衍生息的地方缅怀一番、凭吊一番、留下深情的目光，算是一大遗憾。

不过，从另一个角度讲，这也是一种美。世上本来就没有绝对完美的事物，遗憾本身就是一种美。它会让人心生念想、心生向往，而这念想与向往恰恰就是一种美的感受。有了这种感受，人们就会盼望着有那么一天去实现它，所以就会再来。

是的，我一定会再来，再来安吉。

从遮园到天一阁

一看这个题目，朋友们或许会想，遮园的历史久于天一阁。不是的。遮园位于济南市大明湖南岸，建于 1909 年，是山东省老图书馆的一部分。天一阁位于宁波市月湖西岸，建于 1566 年，是一座私人藏书楼。如此算来，天一阁的历史较遮园长了 340 多年。之所以写这样的一个题目，只是遮园和天一阁在我的心里已经聚首 33 年了。

20 世纪 80 年代初期，刚恢复高考不久，我们济南和全国一样，年轻人读书考学蔚然成风，像省图这样的图书馆每天都会被前来学习、备考的年轻人挤得满满的。那时，我，20 多岁，也和他们一样，每逢假日便会整日泡在这里。

省图有两部分组成：一部分是藏书、借阅的奎虚楼；一部分是遮园。它们中间只隔了一个小门。我记得下午的时候，这道小门是开着的，人可以从奎虚楼里出来通过小门进到园子里。

遮园不是很大，但很精致、很幽静，与大明湖相通。园里有假山、亭台、花木、清溪、池塘、小桥，还有一段嵌有石刻的半壁走廊。人在小桥上走过、在林间散步、在池塘旁伫立、在亭台上看景，心就会自然而然地安静下来，整个人就会变得很沉静，会更乐于读书与思考。当然，你也可以走出园子，到大明湖里去散散步、赏赏景，看看那一湖碧水、半湖绿荷，很是惬意。

我喜欢来这里读书，不光是因为这里的景致好，主要的还是这里的读书氛围好，看看身边的那些埋头读书的学子你会感到一种无形的激励，一点也不会感到困倦，学习效率会更高。

记得那是 1982 年的暑假（我读大二），我迷上了《三国演义》，每天下午都会去奎虚楼二楼的阅览室里借阅。可这一天，当我照例去借的时候，却不知被谁先借去了，我便空落落地和几个同学穿过那道小门来到了遐园里。

就是这次，我认识了她。当时她正捧着一本书，坐在池塘边那块柳树下的石台上静静地看着。我们从她的身旁走过，不经意间，我注意到她手上的书正是我要借的那本《三国演义》。有眼尖的同学也看到了，便小声对我说：你看，那本书在她手上。我笑了笑，暗想：在她手上又会怎么样呢！书是图书馆的，谁都可以借。你敢不敢上去给她要过来？有同学问。一经有人这样提出，马上，大家便开始瞎闹起来。你如果敢就怎么怎么样、如果不敢又怎么怎么样……反正大家以此为乐不依不饶。那天，也不知是怎么了，我看他们一个劲地瞎起哄竟生了一种争强好胜的冲动，就真傻了吧唧地走上前去了……还好，那天，当我把事情的原委给她说明之后，她不仅没有责备的意思反而笑着把书给了我，让我在同学们面前狠狠地风光了一把。如此，我们便相识起来。我们经常在这里不期而遇，有时也会约了一起在遐园里散步，在大明湖里散步，坐在大明湖中心的小岛上讲自己的一些事情。她告诉我，她是宁波人，是××大学大二的学生，学习英语。她是 1976 年来济南的，来济南是为了躲避上山下乡，她现在住在她的叔叔家。她还告诉我，她的老家宁波也有一个藏书楼，叫天一阁。也有一个湖，叫月湖。天一阁也在湖边上。她的家就在月湖湖畔。过去，她也常常像现在这样，有空就泡在月湖里……

自此，天一阁便在我的心里与遇园相会了，总想着有那么一天我会去那里，去看看天一阁，去看看月湖。

时间过得可真快，转眼33年过去了，我们这些当年的年轻人，如今都已年过半百。我在对我过去的经历梳理后惊异地发现，在这33年的光阴里，我虽然到过不少的南方城市，可，宁波，居然一次也没有去过。那里有我的梦，却没有我的足迹。于是，在今年的暑假里，我特意去了那里，去了天一阁。

宁波，可真好。刚一出站，我便感受到了一种别样的温暖，那种我和她在遇园里读书时的别样的温暖。虽然，街面上来往的车辆、行人很多、很嘈乱，但这种温暖却紧紧地包围着我，让我感到很温馨、很亲切、很甜蜜，有一种梦幻般的蜜意。

我本欲照着她过去给我的地址，一路打听着，先去她的住处，可忽然一想，难道我先去天一阁，再去月湖，不会像33年前一样，与她来一场不期而遇吗？于是，我拥着这种温暖，先去了天一阁。

天一阁，由明嘉靖年间退隐的兵部右侍郎范钦所建，藏书历史延至1949年，传20几代，计360多年，最盛时藏书量达五千余部，一万余卷，曾在乾隆年间，为编修四库全书捐献珍本640余种。今天的天一阁，是在原有规模的基础上，并入了陈氏等几家清代大户人家的祠堂扩建而成的，占地约2.6公顷，藏书量达30万余册，是目前世界上最大的三家藏书楼之一。

天一阁的主建筑依旧是那座建于四百多年前的藏书楼。这个建筑有些特点，共两层，上层只一间房，下层却有六间房。据说这是范钦根据东汉郑玄所著《易经注》中有"天一生水，地六成之"的说法而设计的，名"天一"即取于此。总是希望，借"天一生水"的吉言，避免火灾的意思。

天一阁真不愧是古建筑群，在偌大的地域里全都是明清时期的建筑。这些建筑保存完好，原汁原味，几无改动。园内一个院落连着一个院落，一个小门通着一个小门，粉墙黛瓦一排连着一排。有的院，古木参天，幽静清雅；有的院，花木扶疏，曲水流觞；有的院，叠石成山，龙行虎步；有的院，怀素抱朴，不事雕琢。每一处都流淌着历史的沧桑与厚重的人文气韵。

那天，我是从东门进入的，整个的一天都沉醉在迷宫般的园子里，内心里始终腾升着一种对范氏家族的敬意。这种敬意随着对范氏家族了解的越来越多而变得愈加的浓烈，同时也更引起了我的沉思：明至1949年间的中国，社会是极度动荡的，先后经历了从明到清到民国，再到中华人民共和国的三次改朝换代，经历的战争更是无数，可，范氏家族却能在如此动荡的社会环境里坚守祖训，将先祖之德传至今日，靠的是什么呢？他们又采取了哪些有效措施呢？

这个问题，整个的一天都在困扰着我，让我不得不对范氏家族的介绍资料做更认真、更仔细的阅读。在我看来，这首先要归功于范氏家族的家族文化。作为士大夫家族的范氏，其尊崇的是儒家，而儒家文化又是在我国家族文化的基础上发展起来的。我国家族文化的特征是"孝悌"，即纵孝，横悌。他们把谨遵祖训，视为孝，友善兄弟姐妹视为悌。孝悌是立身的根本，无孝悌则无以立身。所以像范氏这种深受儒家思想影响的士大夫家族，把祖训、父命视为使命，子孙后代一生都是会用来遵守的，表现出无论何时何地都能团结一心坚守祖训的壮举。这是范氏家族坚守祖训的原动力。

其次就是制度。其实光有孝悌还是不够的，还要有措施，有严格的规范行动的制度。据史料记载：范钦之子范大冲在继承了家族所藏后，对"代不分书，书不出阁"的祖训进行了细化，制定了一套严格的管理制度。如藏书归子孙共有，非各房齐集书橱钥匙，不得开锁；凡范氏后人若有违规者，不得入祖坟，不得祭祀祖庙，甚至逐出族门等制度。这些制度有效地凝聚了范氏后人的力量，也坚定了他们的决心，对可能的疏漏、借口而导致的书出阁等事件的发生起到了很好的防范作用，更对那些可能存在的家族内部的心存觊觎者起到了极大地震慑作用。再就是在乱世中处世的智慧。据史料记载，范氏家族深谙世道艰险，谨小慎微，从不对外张扬家族所藏，极少让人入阁赏读。在长达 300 多年的时间里，能登楼阅读者也不过十人，且均为当代道德文章冠天下者。一楼藏书就这样在静默中度过了数百年。这样的一种做法，就极大地规避了世之小人的贪婪之心，避免了由此引起的种种灾祸。这是大智慧，大耐心，大修为。

我一直在想，我们今天还能出现这样的人和事吗？就是有像范钦这样的书藏家，还能出现像范氏家族这样的子孙吗？这个值得怀疑。为什么？很简单，那就是钱。现在一切都向钱看了，追求钱财成了一切行为的目的，一副被钱熏黑了的心肠，还能谨守忠孝节义吗？就是真有范钦这样的书藏家，那些子孙也可能早就把书给卖了，换成了车，换成了房子。呜呼哀哉！人，如果没了信仰，没了追求，没了坚守，就只能是酒囊饭袋了。

天一阁是幸运的，或许"天一生水"真的是很灵验，在战乱的年代，她没有被战乱、大火吞噬。但，天一阁的藏书却是不幸运的。民国1914年，一个叫薛继渭的小偷偷走了大量的藏书，一部分被低价卖掉，一部分被上海的书商张元济买去藏于上海东方图书馆的涵芬楼。可，没了"天一生水"的护佑，在抗战时期，这些藏书连同涵芬楼一起，被日寇的炮火焚毁。

与之相比，遐园则是不幸的。遐园仿天一阁而建，可"天一生水"未能在大明湖畔灵验。抗战时期，日寇的炮弹将遐园全部炸毁。然而，她又是幸运的，解放后，政府对她进行了大量的修缮，一直作为山东省图书馆使用至今。特别是在恢复高考以后，她作为图书馆发挥了巨大的作用，一批又一批的年轻人在这里读书学习，成为了建设国家的有用人才。

　　……

　　当夜幕降临的时候，我怀着那种不期而遇的希冀来到了月湖湖畔。此时，明月已高挂在了空中，宽阔的湖面银波微漾。我忽然发现：这里像极了大明湖那夜晚的夜空，那银波像极了她眸子闪动时的样子，还有那风，湖面上飘来的风，凉凉的，湿湿的，柔柔的，像极了她清润柔爽的气息……

　　她，还在这儿吗？是不是还和过去一样，有空就泡在月湖里？我一边问我自己、一边向周围寻去……

我与冬雪三章

一、盼雪

入冬以来，那雪神（滕六）也不知是怎么了，看看现在都啥时候了，都正月初十了，早就该下雪了，可他，硬是一点儿不下。

那玉皇大帝既坐天庭中位，主持天界，怎么就不出来管管，任由那雪神失职不作为，任由那天地干燥的细菌流行，任由那大地干渴的龇牙咧嘴，任由那植物花草干渴的要死。

我每当在报纸上、电视上看到干旱的消息便焦虑不安。为雪神的渎职而气愤；为玉皇大帝的失察、未尽管理之责而生怨气；为天庭的管理秩序之混乱而忧心。

想那雪神只不过是玉皇大帝帐下的一员管理雨雪的干将而已，当属玉皇大帝节制与管辖，断不敢擅自造次。然而，近几年来，却兴风作浪，任意胡为，致使天下旱涝不均，其罪不可谓不小，可又不得治，且依旧执掌大权，想必定是有后台而有恃无恐也。而其他各路神仙也不是没有见闻，像那顺风耳、千里眼、夜游神、日游神岂能未有见闻？所以装聋作哑者，乃仕途莫测，正气不彰，明哲保身也，抑或本就是一丘之貉也。

无奈之下也就暗自揣测：是不是这天庭也和我们这凡间一样流行一切向钱看了？那各路天官们也都忙着捞钱去了？总之：一定是忙得昏了头，事不关己高高挂起，连正事、连这么大的关乎苍生性命攸关的大事都忘了！

唉！想那猴儿大圣现居何处？是在天庭、还是在花果山？若大圣在，岂能如此！定是那猴儿与天庭各官本不是一路，生于石，长于野，来自草根，无学历，无文凭，无"李刚之父"耳，即使保唐僧有功被那吴承恩送上天庭借佛祖之手安排为官（斗战胜佛）也定然不受待见，故而早早地被隐居去了吧。否则，依了他那刚正不阿、眼里揉不得沙子的秉性还不把那些个昏官们棒打得要死，岂容尔等玷污神器、搅扰天下与生灵。现在可倒好，没了监督、约束和威慑，天官们个个都成了活神仙，乐得逍遥自在，行法执杖，喷云吐雾再无半点顾忌。

唉！想想盘古开天那是何等的艰难啊！凡一万八千岁才将那混沌世界变成这朗朗乾坤，又为这天地间能有万千生灵，化自己为山川日月星辰……那是何等的壮哉、伟哉啊！真是"鞠躬尽瘁，死而后已"啊！可是，这些天官们，一朝把官坐就都忘了本。这才几年啊，就玩忽职守，不以天下生灵为念，早把元始天尊之言传身教忘得一干二净！要么渎职，要么胡为，把个天高地阔朗朗乾坤搞得是旱涝不均，地震海啸不断，天下生灵惶恐不安，怨声载道。要不就是这雪神看不惯这世间的纷争，故意给我们闹别扭呢。反正就是不下雪。

唉！也不能说没下，关键的是分配不公、厚此薄彼。有的地方就下了不少的雪，可有的地方就只下了一点点，或者干脆就一点儿也没下。

像山东、安徽、河南、河北、江苏、山西、陕西、甘肃等地硬是没有下一场像样的雪，即便是有些零星的小雪磨磨叽叽地下来，也解决不了问题，到更撩拨的生灵们感到饥渴难忍。而像那南方各地，如上海、杭州、重庆、南昌等地，就连几十年不下雪的广州也都下了很大的雪，都快成雪灾了。

我有时候就在想："都是老天爷的子民，同是盘古精气所化，头顶同一片天，脚踏同一片地，就连每天的拉屎吃饭都是一样的，可那老天爷为什么就是要厚此薄彼有偏有向呢？唉，老天爷真是不公！不公！不公啊！"

生灵们也就是发发牢骚而已，也没啥办法。

看吧！那天地间一片的干燥，河流干枯，千百年的水下沉积一夜间便大白于天下再无神秘可言。大地日夜饥渴地张开了大口，焦虑地仰望着茫茫苍穹。那田埂里的麦田、原野上的花草也都没了昔日的润泽，此时正焦黄地萎缩着身体奄奄一息地在呼啸的北风中瑟瑟发抖。那树木也正无望地向空中大伸着瘦骨峋嶙的双手，诉说着它渴望雨露润泽的心声。而那凛冽的北风也来凑热闹，紧一阵慢一阵地刮着刺骨的寒风，挑衅似的与天地间的万千生灵开着砭人肌骨的玩笑。

大地上的一切生灵都渴望地仰望着老天爷。下一场雪吧！你的下边是茫茫苍生、几万亿年才进化来的万千生灵！下一场洁白的大雪吧！把这个严重污染的空气来一场彻彻底底的洗涤，让这万千生灵呼吸到清新的空气，吸吮生命的玉液，焕发出冰清玉洁的生命吧！

二、下雪

或许是苍生心底的呼喊直达了天庭，感启了雪神的惺眼；或许是那雪神终于捞到了一笔好钱，觥筹交错兴奋之余想起了下雪的事。所以，连续几天来，那天都是阴阴的，厚厚的，云层压的很低，空气中的湿度也明显增加，小风一吹，灵敏的生灵们便嗅到了雨雪的气味，便整个的机灵起来，强打起了精神，眼巴巴地看着、盼着、等待着，等待着那"战罢玉龙三百万，残鳞败甲满天飞"的壮观景象。

然而，那雪还是没有下来。但是，毕竟有了下雪的意思。生灵们便趁热打铁，急急地送上了十几枚带响的"礼炮"。

那雪终于下来了。不过，只是很小的一点点，小的你几乎看不到雪。但是，当你站在屋外，扬起小脸，朝那天空看去的时候，确实是能感觉到是有那么一点点的冰凉的雪花落了下来。她含蓄地、轻轻地、小心翼翼地触摸你的脸颊、眉毛、胡须，有时也会有一点点多情的雪花落到你的唇上，引得你慌忙地伸出舌头去吻她，可还未等你触碰到她，她就香消玉殒了。就像一位貌美纯情的少女，对你莞尔一笑，就娇羞地转身移步款款地、溜溜地跑掉了，空留一个呆呆的你，望着她远去的背影，独自地发愣、落寞、遐想在那里。

就这样，那雪啬啬地、不急不慌地下着，饥渴的大地与生灵则欣喜地、无边无际地想着，深深地焦急地期待着。

过了中午，那雪就渐渐地大了起来，已经看见了雪花。那雪花，像剪碎了的花瓣，在阳光的照射下，正眨着晶莹清澈的光眼，懒洋洋地一小片一小片地落下来。

……

下午，我手上打着吊针躺在医院的治疗室里，透过那大大的窗户欣喜地望着这晶莹的碎小的花瓣。可是，这心里却总也不踏实。生怕生灵们在乞求的路上，在哪个容易被忽视的环节上再出点差错，惹恼了雪神，把那刚刚飘起的雪花就又给收了回去。所以，那心里就一直在忐忑不停地祈祷着：一定要小心谨慎，趁其得意扬扬之时，多多拜上，多多美言，勿使其坏了兴致。

生灵们的乞求终于没有白费。

过了下午，人们还在回家的路上的时候，那雪忽然就大了起来。真的！那雪忽然就大了起来。

梨花般的雪花在北风的裹挟下翻卷着、斜插着自天而降。仰头望去，浩瀚无垠的天空大雪纷飞一片苍茫。那大朵大朵的雪花似从浩渺无涯的宇宙之端铺天盖地地狂奔而来，轰然泻下。眨眼之间，大地便变成了一片白色。那路上、树上、车上、房顶上，那茫茫的田野、广袤的荒原、巍巍的山峦全都为这厚厚的白雪所覆盖。瞬间，世界，一下子变得洁白起来，那极度焦躁的生命，也一下子全都安静起来。

我从医院里出来，望着这满天飞雪，激动万分，兴奋地一头扎进这洁白的世界里。那雪在肆虐的北风的助威下，犹如一位风情万种、成熟美艳的少妇，奔放热烈，纵情恣意地狂吻着我的脸、我的颈、我的每一寸肌肤。只一小会儿，我浑身上下便布满了雪花激情的香吻。

病体告诉我，要赶紧回家。可那大雪就像是看透了我的心思似的硬是阻挡了无数归程的车辆，并紧追不舍不依不饶，直一个劲地朝我狂吻下来，又似隐隐地说："干吗要走呢？怕了？来呀！来呀！来与我共舞一番！"

突然，一股久违的情动涌上我的心头。飞飞扬扬的雪花难道是在嘲笑我吗？嘲笑我怯懦？霎时间，我浑身的血管就急剧地膨胀起来，奔腾起热烈的激流。怪哉！何惧之有？不就是再来一场感冒吗？有何惧哉？走！我与你戏谑一番，去那幽静之所，共沐夜色，共舞这风花雪月！

三、雪夜抒怀

泉城公园是一处繁华闹市中的幽静之所，面积很大。园内种植着来自世界各地的花草树木，在春、夏、秋的季节里枝繁叶茂，竞相开放，姹紫嫣红，蔚为大观。

尤其是那座木板铺就的钢架天桥，凌空而起，贯穿东西，曲曲折折地穿行在高大的树冠之间，甚是伟岸。其所过之处或丛林茂密、或湖光山色、或草坪如茵、或小桥流水、或曲径通幽，其景不同寓意也不同，令游客赏心悦目，心性大开。

　　我时常来这里散步，也曾一个人呆呆地驻足在这里，久久地看夕阳西下，任思绪乱飞。可在这大雪纷飞的暮色时分来这里却还是头一回。

　　此时，我拥抱着飞雪一路兴奋地来到了这里，拿眼望去，一片大白。那满目白雪的园子在长天黑幕的映衬下漫溢着一种空灵与神秘的美。小径旁亮起的几盏灯光，照着雪花在昏黄的灯影里寂寂落下，让人顿感一种莫名的幽深与流逝。

　　我定了定神开始从东门入内，穿过一个不大的天井，转过一道弯，便来到了一片密林跟前。

　　昔日茂密的密林已被大雪强占。厚厚的积雪压弯了万千枝条。可那树干却挺拔地屹立在那里，体现着一种"大雪压青松，青松挺且直"的刚毅与豪迈的壮美。我被这种美感染，拥抱着飞雪一下子便投入到了这片森林之中。

　　林中的小路崎岖难行，脚下的积雪"吱吱"作响。这声响在这空寂酷冷的密林里是那样的响亮与别致，就像飞雪纵情的欢歌。

　　……

　　出了林区，翻过一道堆土而成的山丘，便来到了昔日最为翠绿的一片竹林。而此时的这里，早已被积雪压得横七竖八阻断了林间的小径。

　　记得去年的一个夏日的午后，天上下起了小雨，我独自一人在这翠绿的林间穿行。一对热恋中的年轻人，正热烈地拥抱亲吻。小雨淅淅沥沥地落在了他们的身上；林中清凉的风儿吹过他们炽热的爱情。可是，那热烈的亲吻却丝毫没有半点停歇，只羞得鸟儿们缩缩着在林间默默无语。我忽然在想："这对年轻人现在怎么样了？是已成眷属，还是无情总把有情弃？"

当我一边在脑海里遐想着这对年轻人的情形、一边穿过竹林走上园内环道的时候，那风竟然全停了下来。那雪因没了风的相助，也一改先前的狂热与奔放忽然变得端庄与矜持了。

路过一处林区，一枝俏皮的枝条冲出栅栏，横在了我的面前，似欲阻挡我前行的脚步。我随手挪开，却见是枝漂亮的蜡梅。我心下一喜，便借着手机微弱的亮光凑上去仔细地观瞧起来。那蜡黄色的花儿在积雪的爱抚下正娇羞地低着头，微闭着含笑的眼帘。我顿时醒悟：却原来这株看似俏皮的枝条是在邀我分享它的喜悦，分享它那因被雪花滋润而发自内心的喜悦。谁说树木无情？情亦发乎心矣，只是匆忙的你我未曾细细地体察罢了。我为天地之子、万物之灵，天地万物皆我兄弟姐妹也，岂能无情？我瞬间激动的眼角有些湿润了。

别了蜡梅，我继续沿着大道前行。

刚转过一个大弯，眼前豁然一亮，一潭湖水映入眼帘：水面宽阔、平静无痕，似一张张开的大嘴正吞噬着万千飘落的雪花。水中的岛屿，白雪皑皑，像一朵盛开的白莲漂浮在平静的水面上。几多灯光、树木、还有漆黑的天幕映在水中，恍如仙境。

我惊异于此地的美景便上前紧走几步，却见有两位老人，一男一女，在雪地里走动。那老头像是中风后遗症，腿脚不太便利，老太太正搀扶着他，帮他运动。

我在不远处静静地看着他们，一边看一边想："他们是什么人啊？在他们风华正茂的年华演绎了怎样的爱情？经历了怎样的人生？得以在这大雪纷飞的夜晚，不畏严寒，相濡以沫，笑傲风雪。唉，这才是爱情！我说这风为什么停了，这雪为什么突然变得如此的端庄与矜持了，想必是敬此二老，不肯造次，亦感动于人间的真爱吧！"

嘻嘻！老天、风、雪亦有情也。

我不忍打扰二老此时所充满的对健康的希冀、抑或还有对过往生活的回忆，便悄悄地退了回来，重又回到那大道上来。不一会儿，那雪便全停了下来，空气宁静得像是要停滞。我寻得一处路口上了那座披着一身洁白默默地等候着的天桥。

　　站在天桥上，便觉着与漆黑的天幕更近了一层，整个的人似乎飘浮在了天地之间。我深吸一口，一股雪夜的冰爽滑入肺腑，顿感内外清透；我举目四望，白茫茫的一片无半点人影；我侧耳细听，万籁俱寂无半点声息；我抬头仰望，浩瀚无垠的夜空深邃高远。我很是兴奋，从天桥上来来回回地跑了两圈，心胸越发地开阔与豁达了。这自然雪夜的灵气沁入了我的心脾，打通了我的气脉、血脉，整个的身心似与这天地融通了一体，顿有一种"飘飘乎如遗世独立，羽化而登仙"的感觉。

　　我不禁仰天长歌："洞庭青草，近中秋，更无一点风色，玉鉴琼田三万顷，著我扁舟一叶。素月分辉，明河共影，表里俱澄澈。悠然心会，妙处难与君说。应念岭表经年，孤光自照，肝胆皆冰雪。短发萧骚襟袖冷，稳泛沧溟空阔。尽挹西江，细斟北斗，万象为宾客。扣舷独啸，不知今夕何夕。"

　　我忽然神志有些恍惚。浩瀚无垠的夜空，不知何时已然布满了星星，明月高挂其上。眼前荡起了万顷碧波，皎洁的月光正洒满了水面，涟漪阵阵，清波滟滟。忽然，有一颗明亮的星辰渐渐地变得更加明亮、耀眼。倏忽间，一叶扁舟从中划出，轻盈而舒缓。扁舟上端坐一人，鹤发童颜，银髯飘拂。但见他轻摇双桨，将那叶扁舟缓缓地划入了这碧波荡漾的水面。

　　我不禁大睁开双眼，屏息敛气，呆呆地望着。不一会儿，那叶扁舟便飘然来到我的跟前。还没等我缓过神来，那舟上之人便启口道："吾乃南宋张孝祥是也，尔等，半夜三更在此何为？"

　　我听得仔细便惶惶然回道："余，一学子，方与雪相戏，因见天地白雪茫茫，顿感心旷神怡，不觉间吟诵起前辈诗词，遂忘了归期。幸遇前辈。请前辈启余愚昧，不吝赐教。"

宋人道："俱可道来。"

我问道："表里俱澄澈何意？"

宋人道："天人合一。"

我又问："肝胆皆冰雪何意？"

宋人又道："无私无欲，胸襟开阔，其心胸肝胆便与这冰雪般洁白。"

我再问："尽挹西江、细斟北斗、万象为宾客何意？"

宋人再道："忘却红尘富贵与荣辱，物我两忘，与天地万物为友。"

我还想再问，但见那宋人已荡扁舟缓缓离去，消失在水天相连的尽头。

我呆呆地望着他远去的方向，不知过了几时。忽然一朵大大的雪花落在了我的脖颈之中，激灵一下，我从恍惚中惊醒。我揉了一下双眼，再看一下天空。天空依旧漆黑一片浩瀚深邃，只不知何时那雪又下了起来，而且很大，漫天飞雪正铺天盖地迎面而来。

我顿时醒悟，原来是南柯一梦，仙人张孝祥来我梦中授我天人合一、物我两忘的至高境界。

我赶忙朝着天空鞠躬作揖，谢仙人教诲。然后跺一跺脚，弯下腰来，双手捧雪，捏成了一个雪团，使劲地向天空抛去，并欣喜地大声道："好雪！你休息过了又来逗我。走了，不理你了！来年，来年再与你相约，再与你共舞这风花雪月。"

……

初春绽放的花朵

雪后的天气很是晴朗，既湿润又清新，让人吸上一口就神清气爽，只是那初春的天气有些寒冷。

我戴了顶棉帽，穿着厚厚的大衣，手里提着一大包中药，从医院里出来，正瑟瑟地走着。

"老师：你好！你的病好了吗？"突然，迎面飘来一句姑娘特有的脆甜的声音。

我先是一愣，抬头一看，对面站着两个年轻人，一男一女，看那情形像是一对甜蜜的情侣，那姑娘正笑着看着我。

我诧异地看看姑娘，再看看小伙，然后疑惑地问道："是叫我吗？"

姑娘看我一脸疑惑的样子，更是笑着走近了我说："怎么，先不认识了？"

我定了定神，仔细地看了看，还是没有认出来。飞速的大脑想在脑海中寻找他们两人的影子，可穷极处一无所获，然后肯定地说道："姑娘，你认错人了，我不认识你。"

姑娘也肯定地说道："没认错。前一段时间，你不是常到我们武警医院打针吗？"

闻听此言，我恍然大悟，立即大笑起来，随即用手把帽子往后一推露出整个的面孔说道："哈哈，原来是你啊！'我是军人、不是实习的学生，更不是小姑娘。'"

"对呀！"姑娘"咯咯咯"地笑了起来，银铃般的笑声感染得路人纷纷侧目观看。

……

我认识这位姑娘是在一个月前，在山东省武警部队医院的治疗室里。当时的我因患上了肺炎，在年二十八到正月十二的这段时间里，每天下午两点左右来此打吊针，而她是这里的一名给病人打针的护士，如此，我们便认识了起来。

其实，说是认识，还不如说是只见过面来得更确切。在这 15 天的时间里，我们双方说过的话也不过十句，而最多的一句是"今天打哪只手？""右手吧。"说实在的，我连姑娘的名字都不知道，也没见过姑娘的全部长相。只记得当时的她，瘦瘦的，天天穿了一件白色的护士服，头戴一顶特别造型的白色的护士帽，嘴上捂着一个淡绿色的大口罩，双手端着一个盛着各种打针器械的托盘进进出出的。那口罩大的只露出一对不大的眼睛在外边。但，看得出来，也感觉得到，那眼睛始终是微笑着的。每次打针的时候，她便弯下腰来，托起你的手背，先是用手在你手背上的血管处轻轻地摸一摸，然后再轻轻地打一下，等确定好了打针的部位，便在她的大衣口袋里掏出一个尖嘴的小药瓶，麻利地旋下瓶盖，再对着你手背的打针处喷上几下——据说这是消毒用的药水。她打针的动作也是很轻的，一下就好。绝没有那种针在肉里来回搅动着找血管的情形。在我的感觉里她就是一个十七八岁的小姑娘，一个来此实习的小心翼翼的在校学生。

有一次，在等着给我起针的间隙，我问道："小姑娘，十几了？"

她没有说话，只是拿眼看了我一下。

我又问："哪个学校的学生啊？在这里实习多长时间了？"

这次她说话了，先是拿眼睛使劲地瞪了我一下，然后用那种故作认真、生气的语气说道："我是军人，不是实习的学生，更不是小姑娘。"

我当时一愣，心中暗道："唐突，小瞧人家了吧。"

……

这便是我与她的唯一的一次有别于打针的对话，以我的些许自责而结束的。

当时的那里，还有好几位和她一样年轻的小姑娘，只是胖瘦高矮不一，但工作也都是很认真的，对病人也都是很和气的。这，便是我对她和那里的全部印象了。

打完了针，我便再也没有去过那里，即便是在失眠的夜里也不曾想起，我又去了今天的这家医院改吃了中药。

可，时隔一个多月后的今天，我完全没有想到，她竟会在熙熙攘攘的街面上认出了我，还送来这关切的问候，令我很是感动。我望着她花一样的笑脸，听着她真切关爱的问候，心中的波澜瞬间涌起。

忽然，我的眼前幻化出了姹紫嫣红的春天，那春的使者就笑着站在我的面前。看！那善意的笑脸在湛蓝的天空下是多么的鲜艳绯红；那纯真的笑声在熙熙攘攘的人群中是多么的清脆甜美；那质朴灵动的双眸在春天的暖阳里是多么的清澈明亮，透着她内心的善良与纯美。这是善的爱，这是质的真，这是纯的美。这是初春里最灿烂的花朵。

关爱——人世间最美的花朵，在初春里绽放。

我，定要去那武汉三镇走一遭

这世上到底有没有神明？

说实在的，这个问题，很难回答。真的，任谁也都是很难说清楚的。说有吧，是唯心，是迷信。说没有吧，可似乎她又在某种冥冥之中存在着，甚至还在某种虚幻间，或有或无地左右着我们的某种动因和行为。当然，只有我们中国人的文化基因里才能生出这种微妙的潜意识。

我从去年的夏天就想去武汉。这种想法到了今年的元旦过后就更加地强烈了。我甚至都看好了车次，咨询好了酒店并规划好了行程。可是，我却没有成行。为什么？女儿正忙着备考，在艰难地奋斗着，而我，一个人，却要潇洒地外出旅行，这，显然是不合适的。我曾有几次问过女儿，可否休息几天和我一起去。可女儿却一反常态，态度坚决，不仅自己不去，而且也不同意我去。现在想想，这岂不是天意？冥冥之中，有神灵在劝诫保护着我，不让我这医盲去添乱，去踏上那片暂时正被病毒肆虐的疫区？

这是其一。还有其二也是蹊跷。

要添置一套餐桌，看了几套都不太满意，原因是那椅子的靠背上刻着蝙蝠，让我想起了20多年前，我在马来西亚的一次旅行。

那次，我们一行数人，在一个荒岛上，行走在一片原始森林覆盖下的大山里。我们走进了一个很大的山洞。那山洞又潮湿又阴冷。洞的深处，不知是从哪里挤进一缕光明来，把一层昏冥的幽光抹在了生满犬牙的洞壁上。我看见那洞穴的四壁上挂满了一团团黑乎乎的东西。有的不动，有的在荡来荡去。定睛看时，这些东西上还伏藏着一对黑漆贼亮的光点，似乎正机警地盯着我们这群擅入的人。我有些害怕，不知道那是些什么东西。突然，一个女游客，不知是被绊了一脚、还是碰到了什么软体的东西，被吓得大叫了一声。只听得"扑棱棱"一声，那些黑乎乎的东西便次第地飞了起来。顿时，那洞穴里就像刮起了一场风，阴森森的大风。伴随着风起的是一片瘆人的尖细的"吱吱呦呦"的叫声，像谁踩到了老鼠的尾巴，让人心惊肉跳。它们先是在我们的眼前、头顶上蹿来飞去，而后，便一窝蜂地向洞外飞去，像一团黑云，滚动着飞远。说真的，那次，我们所有的人都被吓坏了，没有人再敢往前走一步了……

就是这次，我看清了它们：通体漆黑，硕大，尖嘴，爆眼，狐狸脸，竖着两只大耳，一对翅膀大得像飞机的机翼。它在向我们俯冲下来的时候，那张尖嘴张开着吐出一条细长的舌头，像是在滴血，发出尖锐刺耳的啸叫，那样子甚是丑陋、恐怖、可憎。

这是蝙蝠，叫大狐蝠，是这里的特有物种。当地的导游介绍说。

……

你说，这是不是冥冥之中的一种暗示：蝙蝠要来作怪了，请远离它。

现在该讲一讲我为什么要去武汉了。

说起来，这是一个有点浪漫的想法。我想用几年的时间把过去我曾经到过的，甚至是没有到过的，但在我的脑海里、情感上、意念里，或者是幻想里曾经出现过的城市都重新再走上一遍。为什么？为了一种怀念。怀念什么？怀念那些在我身边悄悄溜走的时光。寻觅、打捞那些曾失落在这时光河流里的记忆。我想，这一定是一个很有趣的旅行。

武汉就是了。

1984年，我路过武汉。当时，是在傍晚，是在从重庆到上海的轮船上。本来，我们是要到那武汉三镇走一走的，可是，我们这一行人里闹了一点别扭，带队的领导，气得，死活不肯下船了，结果，我们就只能待在船上了。我记得，那晚，我一个人站在夜色的甲板上，在习习江风的清凉里，远远地眺望着灯火里的武汉三镇，脑海里浮现着"古琴台""黄鹤楼""江汉路"的繁华与喧嚣，一阵地失落，还夹杂着一种失落的丝丝悲凉，心里想着，我以后一定要去那灯火里走一遭。

1998年，我在业务上认识了几位武汉的同行，其中有个女的，大高个，很漂亮，举止很优雅，尤其是那一口软润细腻略带鼻腔的口音（普通话）很是好听。

她首次亮相是在那年的秋天，在杭州的一个会议上。记得当时她穿了一件浅黄色的风衣，搭了一条雪白的长款丝巾，梳一个长发，些小的波浪在灯光下微微闪动，那样子很秀美。会议期间，她总是轻轻地走，静静地来，可就在这种轻静里飘逸出一种端庄的大气与华贵的韵味来。记得那次我们吃西餐，一块七成熟的牛肉，她慢慢地把它切成了无数小块，可，就是咽不下去，就这么安静地微皱着眉挺身坐在那里。我把那份冰冷的龙虾片递给她。她朝我笑笑。就是这次，我看到了她的牙齿，像珍珠，整齐的一排，颗颗细小洁白。忽然有一个念头闪过我的脑海：武汉该是一幅怎样的山水呢，竟会涵养出这么精致优雅的女子？我要去那山水里走一遭。

这，便是我要去那里的动因了。

从十几号就开始闹这新型的冠状病毒，每天待在家里刷朋友圈看新闻憋闷地关注着疫情的动向，知那病毒原来是来自蝙蝠，来自吃蝙蝠的人。想想那丑恶的蝙蝠，想想那吃蝙蝠人的吃相，甚是不解，夜里就做了一个梦，梦见了那个武汉的精致优雅的女子——

一群蝙蝠，发着尖细刺耳的啸叫，从空中向女子俯冲下来。蝙蝠的翅膀好大，张开的嘴也好大，那舌头的红色像女子嘴上的口红，鲜亮……女子披头散发，拿那件浅黄色的风衣在空中乱抽。一只蝙蝠掉在了地上。女子扑上去一把抓在了手里，提起来，张开了嘴——呀！那嘴也好大，比那蝙蝠的还大，满嘴獠牙——一口就咬掉了蝙蝠的头。没了头的蝙蝠还在她的手上挣扎着。蝙蝠的血从蝙蝠的腔子里喷射出来，喷在女子的脸上、身上。女子使劲地咀嚼着，吞咽着。蝙蝠的血从女子的嘴角边流出来……女子抹一把脸上的血，仰起头，瞪起眼，朝着窜飞的蝙蝠大笑……

我醒了。我被这笑声惊醒。

我站在窗前，看夜色的天空。真的是星汉灿烂啊！可我想不通，我怎么就做了这么一个梦呢？怎么就梦见了她呢？那个曾经那么优雅精致的女子怎么就生出了满嘴的獠牙呢？

……

有消息说。昨日，武汉有 30 几位病毒感染者同时出院。这是个好消息，是明日立春的清风，是冰封的河流就要开河的春风。

春天，总会到来的。

我，定要去那武汉三镇走一遭。

第二辑

父亲心中的北戴河

大雨落幽燕，白浪滔天，秦皇岛外打鱼船。

一片汪洋都不见，知向谁边？

往事越千年，魏武挥鞭，东临碣石有遗篇。

萧瑟秋风今又是，换了人间。

这首毛主席诗词《浪淘沙·北戴河》是我平生学会的第一首词，是父亲在我三岁那年教我的，我又在我女儿三岁那年教会了她，只是在后来的几十年里，我很少再有闲情逸致去读它了。可是，在最近的这段时间里，这首词，却时常会在不经意间，忽然就出现在我的脑海里，而每当我默诵它的时候，父亲的身影总会出现在眼前。

——父亲坐在那张有些破旧的三抽桌前的椅子上。我坐在父亲的左腿上。桌上放着书。父亲一只手搂着我、另一只手指着书上的字，轻缓地、逐字逐句地教我识字，教我发音，教我读这首词。

——在回家的那条细长的、三拐两拐的胡同里，身材高大腰板笔挺的父亲，在前边走着，我在后边跟着，边走边大声地背诵着。

——我站在父亲办公桌前的那个圆凳上摇头晃脑地大声背诵着，几位叔叔阿姨围着我看着、笑着。

……

这些情景是我三五岁时的记忆了，有些模糊，有些散碎，就像夕阳下散落在沙滩上的那些贝壳，星点隐现。但，却很温馨、很甜蜜，每次忆起就会感到四周的温暖包围着我，让我找到了归属。21岁时的那次记忆却十分清晰，清晰得就像发生在昨天——

那年，1981年，61岁的父亲因患血癌第三次住进了医院。病魔已经折磨了他两年了。父亲已是骨瘦如柴，约1米78的个子也明显地缩矮了许多。

那晚，天空，格外的高远；月亮，格外的明亮；星星，格外的繁多。清冷的月光照亮了病房的窗台。

父亲半靠半躺在病床上，身上盖着白色的棉被，干瘦的双手无力地放在床沿上。此时，由于刚送走了几位前来看望他的老同事，父亲苍白、消瘦的脸上还挂着一丝淡淡的不舍与失落。但是，精神却很好，人，看起来似乎也有了明显的好转。父亲叫我坐到床边，先是用忧郁的眼神望着我，不一会儿，便在回忆中缓缓地讲起了往事，也提起了小时候教我读毛主席诗词时的情景。

我想平缓一下凝重的气氛，便说："爸爸！我还一直记着你教我的《浪淘沙·北戴河》呢。"

父亲微笑着点了点头，然后便望着窗外轻轻地吟诵起来。我看到，随着父亲一字一句地吟诵，父亲的双眼一改先前的浑浊与失落而变得清澈与明亮了，整个人都有了神采。吟诵完好一会儿了，父亲还依然沉浸在诗词所描述的意境里，既深情又向往地望着窗外，似在回味，又似在遐想，似乎那天空的深处就是北戴河。

我轻声地问父亲："爸爸！北戴河很美？"

父亲轻微地点了点头算作回答。

"再给我讲讲？"

停了好一会儿，父亲长叹一声，遗憾地说："唉——我也没去过。"

"没去过？"我惊异道。

父亲没有回答，只是望着窗外，那眼神像是在寻找什么。

我变得有些诧异了："爸爸！怎么会呢？您不是常去那边出差吗？怎么会没去过？"

父亲转过头，看着我，用一种肯定、坦然、缓慢的语气说道："我那是去给公家办事的，不是去旅游的。"

……

记得小时候，父亲教我读这首词，给我讲北戴河，说，那里有辽阔的大海、金色的沙滩；那里有山，有树，有鸟，有日出，有彩霞；那里有诗词韵律、历史风云、伟人足迹，还有纳百川，行日月，吞星汉的气势，更有伟人改天换地的宏伟气魄……这一切的一切都是那么的真实，那么的美好，那么的激动人心，在我幼小的心灵上留下了多么深刻的记忆啊！可今天，父亲却说没去过，这，究竟是怎么一回事呢？我一时无语，只愣愣地望着父亲，陷入了沉思、猜想与回忆——

刚上小学的时候（1967年），我经常和同学们一起，放学后，便跑到父亲工作的单位门口，一边嬉闹着、一边等着父亲下班，可常常是，同学们都接了自己的父母走了，而我却迟迟不见父亲的身影。

一次，天色已经很晚，门卫室里的灯早已经亮了，同学们也都走光，可父亲的身影却还是没有出现在我翘盼的视线里，又急又饿的我便趁门卫转身的瞬间，刺溜一下，从他的背后，蹿了进去。

父亲办公室的窗户闪着微微的亮光。我使劲地推开门，只见屋里的大灯没开，光线昏暗，只有父亲办公桌上的台灯亮着，喇叭口的灯罩把光亮紧紧地裹照在父亲面前的桌面上，父亲正弓着身站在办公桌的后边全神贯注地看着桌面。

我大声地喊道："爸爸！"

父亲抬起头，见是我，便从桌后转身出来，问："你怎么来了？你是怎么进来的？"

"我溜进来的。"我一边得意地说着、一边蹦跳着走到父亲的跟前，端起桌上的茶杯，"咕咚，咕咚"一口气就把杯里的水喝了个精光。

"爸爸，你怎么不开大灯呢？"我放下茶杯问道。

"就我一个人，不用开大灯。要节约用电。"父亲说。

此时，我看清了父亲的办公桌。桌上摆着几本书，一本正翻开着，父亲的放大镜压在翻开的书页上。一张大大的图纸铺展在桌上，图上放着铅笔、橡皮、圆规、还有长尺、三角尺。我一把就把笔和橡皮拿在了手里，并随口说道："我要！"（这是当时我们同学中见到的最好的铅笔，HB 的绘图铅笔）

"这可不行，这是爸爸画图用的。"父亲说着便想把笔从我的手中拿回去。

我把笔和橡皮紧紧地抱在怀里，一边躲闪着、一边说道："我们同学就有！"

父亲坐下来，摸着我的头说道："好孩子，这是公家的笔，是让爸爸工作用的。公家的东西我们不能要。等你学画图的时候，爸爸给你买一支。"

……

回忆到这里，我想明白了，父亲是真的没有去过北戴河。尽管父亲在诗中读懂了它的美，并为它厚重的历史、大自然的壮美、伟人的气魄所吸引，所震撼，所感动，由此产生了强烈的向往之情。但是，一向自律自爱、公私分明、一心工作的父亲，却坚守着自己做人的原则，在无数次的出差机会面前，并没有去游玩。父亲把这种向往之情深埋在了心底，在向往中幻想，在幻想中向往，在向往与幻想中，这种情愫更强烈、更温馨、更绵长了，北戴河，也在父亲的心中超越了现实，变得更美好了。它的美，融入了父亲的情感，蕴含着无穷的创造力，孕育着新生命，是父亲对未来生活的希望之美。父亲又把这种美深深地植根在了我的心里。

一时间，我的眼圈有些发热。"爸爸，你快点好起来吧，我陪你去！"我说。

父亲微笑着看了我一眼，然后长叹一声，摇摇头，缓缓地说："不行了，去不了了，没时间了。"

我看到，父亲的眼神中流露出一种无奈的神情。我的心为之一颤，酸酸的、辛辛的、疼疼的。瞬间，泪，模糊了我的双眼。

……

不久，父亲走了，带着对亲人的眷恋、对北戴河的情思、对未来新生活的向往走了。

那年，我24岁，也出差到了幽燕之地——天津（北戴河地处秦皇岛市中心西部，距天津240多里）。

刚进入天津地界，我的心就激动起来，父亲的身影、父亲描述的北戴河的景象便不由自主地出现在我的眼前。在天津的三天里，它们全然占据了我的内心。我的心似乎感受到了父亲的气息，闻到了北戴河湿润的海风。刚办完公事，我便急急地准备前往。可就在我即将动身的时候，父亲的声音突然响起在我的耳边："我那是去给公家办事的，不是去旅游的。"于是，我惶恐地止住了脚步。

那个下午，我站在宾馆的窗前，朝着北戴河的方向，深深地望，痴痴地想，父亲向往的眼神就一直清晰地在我眼前晃动……

如今30几年过去了，我有了闲暇时间。我想，我要带着父亲的向往、遐想、情思专程去北戴河，让父亲的英灵沐浴北戴河的海风，倾听北戴河的涛声，感受大自然的壮美。我要在北戴河的旭日晨风中，在北戴河的大雨滂沱中，在北戴河滔天的巨浪声中，站在沙滩上，站在大海里，站在高山上，面朝父亲安息的方向，大声地朗诵父亲教会我的《浪淘沙·北戴河》。

看母亲礼佛

正月的一天，借着正午的阳光，我们一家人正陪母亲在大明湖畔散步，母亲突然说，等天再暖和些，咱们去看泰山奶奶吧。于是，3月18日上午，我、大姐还有我女儿一同陪91岁的老母亲来到了泰山脚下的岱庙。

我们是从北门进入的，入庙后直奔泰山神大殿。站在殿前的平台上，母亲一脸肃穆地仰望着大殿，望了好一会儿，才开始礼佛。母亲先是指示我从袋子里取出三支香，在香炉里点燃，递给她，然后，又招呼我们到她身后并排着站好。待我们站好后，母亲面朝大殿，静静地站定了，把三炷香举过头顶，开始朝大殿祭拜。母亲的动作很慢，幅度很小，一边祭拜、一边鞠躬，拜了三拜，鞠了三个躬。祭拜完毕，母亲又把香递给我，指示我插到香炉里，看我做完，这才如释重负地招呼我们说：走，给泰山奶奶磕头去……

站在泰山神像前，母亲也是先端详了好一会儿——嘴里似乎有词，又似乎没词——才跪下来。跪下来的母亲，双目微闭，表情庄重，双手平放在垫子上，开始磕头。每磕一个头，母亲就会抬起头来，微开双目，看一眼泰山神，然后，再闭上眼睛磕下一个头。我数着，母亲一共磕了三个头，三个规规矩矩的头。拜完了泰山神，母亲又如法拜了泰山奶奶……

我陪在母亲的身边，静静地看着母亲礼佛的整个过程，看母亲不缓不急、有条不紊、庄严肃穆的样子，忽生一种强烈的感受。感觉就像是在一种古老而神圣的仪式里，有一种直达心灵的气息扑过来。这种气息使我顿然开窍、通达，隐见满堂灵光熠熠光彩。这光彩照在母亲的身上，通体都闪烁着一种明亮但不耀眼的光晕。这光晕静谧、柔和、奇幻地让人惊讶……

我不是有神论者，怎么会有这样的感受呢？这，不得不让我思考这样的问题：到底有没有神明？我们敬畏与不敬畏神明意味着什么？

这让我想起了杨震《暮夜却金》的故事。杨震，字伯起，东汉时期人物，曾官拜太尉等要职。《后汉书·杨震传》里记载了这段故事：一次，震在迁任东莱太守的途中经过昌邑，县令王密夜怀十金前去拜谒。震拒而不受。密说，学生得任县令，全仗老师举荐，岂能忘恩？今送薄礼以示谢恩。我知老师一生清廉，必不肯收，故，特在深夜奉上，此，无人知晓也。震转怒，正言道：天知，地知，你知，我知，怎说无人知晓？密羞愧退去……

这是一则君子慎独的故事。这则故事告诉我们：天地间是有神明的，神明就在君子的心里，它叫天地良心。

实际上，我们的世界有两个：一个是众生演绎的现实世界；另一个是自我内心的精神世界。对这两个世界的约束，前者是法律，后者是道德。而真正对人们的所有活动起支配作用的是一个人的良心。其善与否决定了这个人立世的思想与行为。良心是抽象的，于是，神明产生了。千百年来，善的良心，被人们以众神的形象（如泰山奶奶、泰山神、观音菩萨等）具象在尘世间。人们把心目中的善良、悲悯、宽恕、博爱、勤劳、纯朴、诚实、惩恶、勇敢等美德赋予它，使其成为一种高尚人格的典范，起一种教化作用，引导人们去觉悟。我们通过某种仪式对诸神虔诚的祭拜，其实就是对这些美德的认同，也是面对这一高尚人格对自己进行的一次内心的反省，一次对我们日常行为的检查，甚至是一次对我们自己人格的塑造。所以，对神明的敬畏与否，绝不是一个简单的形式问题，而是一个崇尚美德与否的问题（这是以了解神灵所代表的意义为前提的）。如果一个人敬畏神明，就意味着，他心存天地良心，崇尚美德，做人做事是有道德底线的，人前人后是能自觉遵守道义的。否则，不然。

当然，这里所说的敬畏，大而广之，还有对天地的敬畏，对自然的敬畏，对生命的敬畏。

当下社会，之所以出现了这么多的挖山毁林、乱捕滥杀、严重污染、贪污受贿、坑蒙拐骗、制假贩假的人和事，其实就是缺少敬畏，善心泯灭，私利至上，不再崇尚美德的具体体现。该净化、引导、重塑我们的精神世界了。

母亲是从旧社会过来的人，没有多少文化，也讲不出什么大道理，但却时常教导我们：人要老实本分，要善良，要厚道。接人待物要实心实意，不能耍小聪明，不能太自私。举头三尺有神明，做坏事是要遭报应的……我想，这大概就是我们应该持有的最朴素的精神世界吧。

"噌——噌——噌——"大殿里传来三声浑厚的钟声。那钟声传得很远，有一种持久的穿透力。一群受惊的鸟儿扑棱棱地飞向空中。

坐在大殿前石凳上的母亲望着飞去的鸟儿说："明年，如果身体还行，咱还来。"

……

母亲不忘的家乡

　　母亲老了，91 岁。老了的母亲时常会念叨起她的家乡，念叨起她的爹娘、亲人，念叨起她小时候在家乡时的往事。这些往事一经提起，母亲的脸上就会多一些伤感，一些岁月已逝的伤感。于是，为了慰藉，也为了了却母亲的心愿，今年九月，我和大姐、女儿借给周村 88 岁高龄的六舅拜寿的机会特意去了母亲的老家，替母亲探望了一次她念叨的家乡。

　　母亲的家乡是北距周村约五里的山东邹平县临池镇古城村。母亲1925 年生在这里，17 岁与父亲结婚，嫁到了同镇的山间村。20 世纪 50年代中期，母亲来到济南与父亲团聚，此后便再也没有回过家乡了。这样算来，已有 60 余年。之所以再也没有回去，缘于姥爷、姥娘都已驾鹤西去、三个舅舅和一个小姨也已离开故园外出谋生，家乡虽有同姓族人，但已经没有至亲的人了。

　　母亲的家乡十分古老。早在远古时期，约七八千年以前，这里便是史学家称为东夷人繁衍生息的地方。这些人以乌鸦为图腾，建立了自己的国家，叫"於（wu）陵国"，国都就设在这里。降至战国时期，这里曾属齐国，称"於陵邑"。今天，因这里存有一段东西长约五米的於陵邑古城墙，被称为"古城村"。可在母亲的习惯里称它"古城子"。这个古城子的地理位置很是优越，处三山（东侧马鞍山，南侧凤凰山，西侧长白山）怀抱、两水（东侧淦河，西侧泔沟河）环绕之中，可谓是一块山清水秀的风水宝地。在这几千年的历史长河中，这里曾诞生过无数杰出的历史人物。如战国时期著名的思想家，世赞廉士、隐士的陈仲子就是其中的一位。

写到这里，我不得不对母亲家乡的这位名人做一个简短的介绍。这可是一位极有思想、极为偏执、极富争议的特殊人物。他原是战国时期齐国贵族田氏后裔，才智卓绝，品性高尚。当时，齐威王、楚怀王都先后聘他为官，但他均拒而不受，只甘心劳作田园，最后干脆携家眷躲进了山里，终因饥饿而死。究其原因，是他看不惯贵族社会腐朽糜烂盘剥百姓的种种恶行，奉行"不入污君之朝，不食乱世之食"的信条，而自觉践行了一套与贵族社会彻底决裂的、固守清白的立身处世之道。有《於陵子》一书留世。对这样的一位人物，世人多有争议。孟子曾对他有一番议论，赞曰："齐国之士，必以仲子为巨擘。"同时又对他诸多的"不食乱世之食"的极端、偏执的行为提出了质疑与讽刺，侃曰，似他这般只有蚯蚓才能做到。然而，后世诗人陶渊明却与他气和神通，一味赞曰："至矣於陵，养气浩然。蔑彼结驷，甘此灌园。"对他的所作所为给予了很高的评价。

或许是承继了先人的神韵，这里的民风淳朴尚文，勤于农事，多耕读仁孝之家。母亲的家族就是这样的一个家族——古城李氏家族。据《长山县志》和《李氏家谱》记载，这个家族于明永乐四年自直隶枣强迁来，其第一代先祖是一名岁贡生，从第三代起开始靠科举入仕（曾任江南镇江府丹阳县主簿），开始了从农民向官宦的转变。据不完全统计，在明清两代高中文武进士者就有 16 人，举人 39 人，入朝为官者多达 100 人之多，其中不乏尚书、司马、总督、巡抚、总兵、御前侍卫等高官者。其代表人物就是第七代先祖李化熙。母亲是这个家族的第十六代后人。

行笔至此，我不得不对母亲家族的这位先祖也多说两句。李化熙，明崇祯七年（1634）进士。崇祯十七年（1644）初，在闯王李自成的大军攻克潼关进而向京城进军之时，崇祯帝急擢升身为陕西巡抚的李化熙为榆林三边总督，统理延绥、宁夏、甘肃三省政务军务与闯王军作战。当李自成起义军攻陷北京、崇祯帝自缢景山后，熙不知所从，遂率大军返回家乡周村驻扎，静观时局。后见清廷鼎定中原，明王朝大势已去，为免战火燃烧，生灵涂炭，遂于六月响应清世祖招抚（世祖数次遣重臣招抚），仕身清廷朝堂。此后，历任工部、兵部左、右侍郎等职。顺治九年（1652）擢升为刑部尚书，晋光禄大夫，封太子太保，位极人臣。顺治十年（1653），以家母（一品诰命夫人）年迈为由请求归养。退休后的李化熙，服务桑梓，兴义集，除恶霸，整治安，筑桥铺路，办学修庙，上书减免乡民税赋，更请得"今日无税"之圣旨，并刻碑立于当市，从而广招天下的商贾云集周村，使周村商业呈现出了前所未有的繁荣景象。而李化熙则包揽了周村商民的全部税赋，岁岁拿出家财代缴税款，从而使周村商民成为了无须纳税之商民。据史料记载，自李化熙始，李氏家族连续七代，代周村商民缴纳国税长达 200 多年，为周村商业的长期发展与繁荣做出了巨大贡献，终使周村"旱码头"的声誉名扬天下。

李化熙卒于清康熙八年（1669），享年 76 岁，墓葬家乡古城村。时人为表彰其功德，在周村城中自发集资修建了"司寇李公祠"，并定于每年的农历九月九日（重阳节）举行隆重的公祭活动，冀后世子孙代代铭记。

那天，我们在舅家表哥（淄博市文学艺术高级创作员）的引导下第一站先去了母亲家的老宅。据母亲讲，母亲的爷爷是一名中医（御医），靠给人治病挣得这份家业。过去，家里的院子是很大的，四四方方，坐北朝南。院前还有一个老大的场院。场院的东西两边各有一棵枣树。西边的树粗，是红枣树；东边的树细，是软枣树。红枣好吃，软枣肉少子多不好吃。场院的南边是一片香椿芽树林，好大的一片。这片树林就是她小时候和"一把莲子（小伙伴们）"经常玩捉迷藏的地方。

可我们看到的却是一片村居。据居住在这里的60多岁的李家表侄（按辈分他叫我母亲老姑）介绍，这一片地界原是母亲所说的大院和场院，现在被一条马路隔开，前后左右被分割成了好几个小院，住了包括李氏后人在内的十几户人家。那一片香椿芽树林早就被铲平了，现在是棒子地。表侄一边讲解着一边带着我们一个小院一个小院地转悠，最后来到了母亲当年居住的房屋前。表侄说："这就是老姑当年居住过的房屋。不过，现在已经翻盖过了，不是当年的样子了，可位置没错，大小也差不多。"

我站在母亲做女儿时居住的房屋前，看那房屋细长，坐东面西，有些低矮昏暗，有二三十平方米的样子，我的心有些颤抖，有一种心潮在暗暗涌动，一时间，眼眶里便有了些湿润，似乎看到了小时候的母亲：母亲正站在房门中央，瞪大了眼睛，看着我们。我的鼻子一酸，泪，瞬间便充盈在了眼里。我看看大姐，大姐正低了头迈步走进房间……

第二站我们提出先去拜祭姥爷姥娘的坟地，可表哥说，坟地早就平了，连过去的李氏祠堂也给平了，现在是一片棒子地了。随后，表侄带我们来到了那片棒子地的边沿，指着东北方向说，大概就是这个方向吧，没法过去，就在这里遥拜遥拜吧。于是，我们朝着他手指的方向鞠了三个躬，权作替母亲拜祭了父母。

第三站我们去了李氏家族第七代先祖李化熙的墓地。过去听母亲说，那个墓叫尚书坟，好大了，她们小时候常在那里玩。墓田里有石人石马，那些石马被我们的那些舅们爬上爬下磨得"锃明溜滑"。那里还有许多柏树，又高又粗，粗的两三个人都抱不过来，抬头都看不到天。可当我们拐了几个弯到了那儿以后，呈现在我们面前的却是一片棒子地。地的南北两头还有乡镇企业的厂房和商店。表侄站在地边上用手比画着介绍说，这一大片地就是过去的尚书坟，"文革"的时候都给平了。我问，过去听母亲说，这里有石人石马，那些石人石马呢？表哥说，早就不知弄哪儿去了。李化熙的墓，当时是皇帝圣旨赐葬的，规模很大，光占地就有30多亩。墓室的封土也很高，墓前还立有皇帝的圣旨碑。还有一个大殿。可惜了，现在这些都没了。随后，我们跟着表侄沿着棒子地的边沿走进了地的深处。走到一处较平坦的地方，表侄停下来对我们说，这个地方大概就是过去那座大殿的位置。这个大殿老大了，两边有两棵老高的柏树，后边（北边）是坟墓，前面（南边）就是神道。这个神道一直通到前面的凤凰山，那些石人石马就在这里一溜儿向南排开。唉！表哥叹一声说道，可惜了，如果不被毁掉，留到现在，那该多好，对咱们家乡，那该是一笔多么珍贵的财富啊！

……

夕阳已向西边落去，一片褐色的红晕染透了古城的上空。我站在那里，目光掠过面前这一大片在风中挺立的玉米地向南望去：一座山脉，如屏如障，横亘在远处；一条暗淡的曲线在空蒙的天际起伏蜿蜒。我忽然在想：这条曲线不正是历史巨人走过的足迹吗？在这条足迹里，我们曾经无知，曾经野蛮，曾经狂躁，多少文明在我们的手中创造，又在我们的手中毁掉。但是，我们仍一路前行，因为我们的精神还在，我们探索真理、追求发展的精神还在。只要我们还有这种精神，就会一直走下去，也会不可避免地重复这样的一个过程：创造，毁掉。再创造，再毁掉。只是盼望，每一次毁掉，都是一次新生，都是一次觉悟，都是一次创造的开始，而不再是无知、野蛮与狂躁。

晚八点多，我们回到了家，老母亲正坐在那里巴望着我们归来。大姐把情况做了汇报，然后又把家乡的照片一边讲解着、一边一张一张地翻给她看。我注意到，看着看着，母亲脸上的表情开始由先前的欣慰逐渐变成了疑惑，并一边看、一边说："怎么都不是那个样了呢？……"

是啊，都不是那个样了。社会在一次一次的变革当中，一切都在改变着模样，但愿母亲的家乡会越变越好。

清明的思念

又到清明节了，诗句里的"清明时节雨纷纷"没有踪影，可那不尽的思念却依旧纷纷而缠绵。

照例，我们兄妹在清明的前几天齐刷刷地来到了母亲的身边，询问回老家祭奠父亲的事情。90 岁的老母亲言语咽咽地说："我昨晚上梦见你们的爸爸了。他怎么穿了一件破衣服，蹲在一个破门洞里，用手抓着吃饭呢？"说着，母亲的眼圈红了起来（父亲去世已经 35 年了，每年的这个时候，母亲总会做起父亲的梦）……

坐在母亲身边的二姐连忙一边给母亲按摩后背、一边安慰地说："娘，梦都是反的，不用担心，那边是饿不着爸爸的。"可我看到，二姐说这些话的时候，眼圈也红了起来。我的鼻子一酸。

谁都没有再说话，屋里静静的，过了好一会儿，二姐突然慎慎地说："我昨晚上也梦见爸爸了。"

我抬眼看了她一下，没有说话。

二姐也看了我一眼，又继续说道："爸爸站在一个很高的门洞里，背对着我。外边下着大雨。我在后面大声喊，可我无论怎么喊，就是喊不出声来。爸爸也听不见，也不转身。我就使劲地跑，朝爸爸那儿跑。可我的腿却抬不动，无论我怎么使劲，就是抬不动。急得我呀，就挥舞着双手使劲地大声乱喊。突然，我喊出了声，我也醒了。"

听到这里，我的心猛地一震，忽然想到，好像是在什么时候，好像时间也不是特别的远，我也做过一个这样的类似的梦。那个门洞好像有点破，有点高，两扇门敞着，黑漆漆的，有一个很高的门挡。爸爸正跨过门挡朝门里走，一边走还一边说："我终于回家了。"看那情形，虽然很疲惫，但是很高兴。我也是在后边一边追一边喊，可我无论怎么追，怎么喊，爸爸就是听不见，也不回头，我也总是追不上，急得我呀也是使劲地挥舞手臂，舞着舞着，我就醒了。

想到这里，我也想说出我的梦，可张了张嘴却没敢说，因为我看大哥、二哥他们谁也不出声。我忽然在想，他们是不是也和我一样做过类似的梦？可他们却不说，大概是怕母亲听了会更加难受吧。所以我也没说，可我的泪却止不住地流了下来，就赶忙闭上了眼。

沉默了好一会儿，大哥一边叹气、一边缓缓地说："那个门洞应该是咱们老家的门洞。听爸爸说，那年，咱爷爷暗地里帮助八路，买了药给八路，被汉奸告了密。鬼子赶来抓人，人没抓住，就一把火烧了咱们家的房子。"

突然，母亲气愤地、狠狠地说："哼！日本鬼子呀，可孬种了，你们是不知道啊……"

二哥赶忙拦住母亲说道："娘，娘，今天咱先不说日本鬼子了，你看看这些纸行了吗？"

我们知道，这个时候你得赶紧转移话题，否则的话，母亲就会无休止的说下去——日本鬼子到处杀人、烧房子，连月子里的小孩子都杀：用刺刀从小孩的屁眼里捅进去，就这样挑挑着，在村里乱转……

这时，母亲一挥手说道："不稀（不愿的意思）说它了。哼！日本鬼子可孬种了。在这些纸上都写上字，写明哪些是春天的衣服，哪些是冬天的衣服，还有帽子，围巾，省得他找不到，再给他拿一双筷子……"

我睁开眼，就见大哥在抽屉里摸出一支毛笔，又拿出一瓶墨汁。二哥从厨房里拿来一个小盘、一个盛了水的小碗，然后把墨汁倒在盘子里。大哥把笔放在小碗的水里浸泡了一会儿，便蘸了墨汁在那些纸上写了起来，末了又给母亲念了一遍。

念完了，大哥问道："娘，你看这样行吗？"

母亲顿了顿说道："还有大衣呢，大衣写上了吗？"

大哥说："去年就写上了。"

母亲说："今年再写上一遍，怕是乱放找不到了。"

大哥没有再吱声，就又写上了。

我默默地看着大哥、二哥做着这一切，听着母亲和大哥的对话，我的泪就一直在流。

……

入夜，妻儿都已睡了，我却怎么也睡不着，站在阳台上就一直望着天空。天，黑漆漆的，有星在闪。那片山岗……

一想起那片山岗，家的气息就会飘过来。因为，父亲在那里。

童年的故事

　　一提起"踢球电报"①这个游戏，那个秋日周六的午后就会浮现在我的眼前——

　　那是 60 年代末期，我七八岁的光景，刚刚吃过午饭，我们院里的这群小伙伴们便围在了一起。旁边的地上画了一个不大不小的圆圈，圆圈的中央放着一个皮球。我们围成一圈，把小手握成拳头，藏在背后，然后大家一齐喊"将军包"②，同时把藏在背后的拳头在众人面前伸开……

　　那次，我得了倒数第一名。

　　按照游戏规则，我是要当老鹰的，而他们所有的人都当小鸡。他们要做的是费尽心思地把自己在偌大的院子里藏起来，而我要做的是费尽心思地把他们一个个地都找出来，否则，只要不回家吃晚饭，游戏就不能停止。

　　随着小安一脚将圆圈内的皮球狠狠地踢出，所有人都"哗啦"一下四散跑去，我也急忙开始追球，可等我追上皮球，抱回原处，再看看那些小伙伴们却早已藏的无影无踪了，刚才还吵吵嚷嚷的院落，顿时安静下来。

　　我孤零零地站在空荡荡的院子里，提起精神，睁大了眼睛，机警地竖起一双耳朵，努力地侦听着四周可能发出的一点点可疑的声音。可，寂静，完全笼罩了那个午后。

　　我侦听、观察良久，竟无半点发现。我开始四处寻找。我几步一回头地小心翼翼地朝楼道的拐角处寻去。

　　这一寻，大有所获，我找到了三个人：赵波、佩勇、王珊。我兴奋地继续寻找，不多一会儿，又找到了两个人：克忠、崔三。可就在我兴奋地准备继续扩大战果时，突然，一声"电报了"的喊声恼人地从院子的中央响起，我急忙掉头往回跑。

　　圆圈里的皮球不知滚去何处。我好一阵寻找才把球重新找到，抱回原处。可是，按照游戏规则，刚才被我找到的人等于是被救了，又可以重新藏起来，等我再去寻找。院落又恢复了空荡与安静，一切又复归于开始……

　　如此反反复复、复复反反，一个下午我竟劳而无功一无所获。此时，夕阳西下，暮色已经悄然来临，大院更添一份寂静。我站在院子中央无助地扫视着那些逐渐暗淡下来的各处角落，心里想着，这里、那里定然藏着他们，可，我不敢挪动半步，生怕一转身皮球就又被人踢飞。

　　我是既着急又无奈，双方对峙着。

　　突然，我从余光中看见有人从旁边走过来，忙转过头去定睛一看，是小安，急忙用手指着他大声喊道："电报一小安。"小安说道："我替你，你藏起来吧。"

　　……

　　我紧张地藏在一层东北角楼道拐角处的男厕所里（这里早已不用，旁边的邻居堆放了许多木头架子、破被子、烂席子之类的物件），竖起两只耳朵机警地听着外边的动静。

突然，楼道里响起了"沙沙沙"的脚步声，先是进了旁边的女厕所，紧接着便传来了小安的喊声：电报一东东、电报二民民、电报三钢良、电报四克跃……

我紧张得不行，心想："我得出去，不能在这里藏着，不然的话，他一进来就把我给电报了。"想到这里，我忙从木头架子下爬出来。可从哪里出去呢？小安就站在这个楼道里，走门口肯定不行。我环顾四周，看到了厕所墙上的小窗户。对，就从这里爬出去，我心中暗道。于是，我踩着木头架子费力地爬了上去，推开窗，看看街上没人，再看看离地的高度，约有大人高，我心里有点害怕不敢往下跳，正犹豫着，门口又传来小安电报五田宾的声音。这下，我紧张极了，也忘了害怕，慌乱着一跳而下。

我的两只脚重重地落在了地上，身子前倾，两只手也摁到了地上，似乎那嘴也有点着地。我顾不了这些，急忙爬起来一瘸一拐地跑到街对面的一个小院里，藏在了大门的后边。藏好后，我这才感到脚后跟很疼，但我忍着，紧贴在墙上一动不动……

也不知过了多久，我看见天上有一个老大老大的太阳，火红火红的。院子里站满了人，男的女的、老的少的，满园都是。他们在干吗？我不知道。我奋力地从楼道的拐角处走出来一边走一边大声地喊："俺不来了，俺不来了。"

……

第二天，院里的小伙伴们围着我有些神秘地问我："你昨天怎么了？"

我不解地看着他们。

邻居大娘也笑着问我："你昨天怎么了？"

我还是不解地看着他们。

我跑回家去问我妈。我妈也说："你昨天干啥了？好好想想。"

我使劲地想，使劲地想，忽然想起来了。

我蹲在门后边，先是有一些脚步声从门前走过，紧张的我紧贴在墙上一动不动。后来声音走远了，再后来一点声音也没有了。这样，寂静持续了好长时间。我想出去看看，可我不敢，生怕一出去就被小安找到，我还是一动不动地藏在后边。慢慢地，我的神经疲劳了，精神松散下来，天也黑了下来，我不知不觉地睡着了……

也不知过了多久，我感觉有人在摇我。我睁开眼，揉了揉，看到有好多人正围着我，还有我哥。

"你怎么在这里睡着了？走，回家睡去。"好像是我哥在说。我便迷迷糊糊地被人领着回家，最后躺在了床上。

梦中，我看见了太阳，就挂在西边的天上，火红火红的。院里站了好多人，男的女的、老的少的，满院都是……

妈妈说："孩子，你睡梦怔了，正睡着睡着，突然，一骨碌爬起来就往外跑，还一边跑一边喊：'俺不来了，俺不来了'在院里转了一圈，然后回来又倒在床上睡着了，直到今天下午才醒。"

我似乎明白过来，愣怔怔地望着我妈，一句话也没说。

我转身，慢慢地走出去，站在院子中央，向西边望去。夕阳就挂在树梢上，火红火红的，真美……

注：①踢球电报：一种老鹰捉小鸡的游戏。

②将军包：也叫石头剪子布、剪子包袱锤。

最美好的记忆

　　最近，老有这么一首歌，不经意间，在我的耳边响起。歌中唱道："春天的花开了，老师我想你。你的恩泽如绵绵春雨滋润我心底。夏天的蝉叫了，老师我想你。你的教诲似凉爽的风轻拂我耳际。穿越人生的悲欢离合，老师我想你。走过循环往复的四季，老师老师我想你，我想你，你是我最美好的记忆……"这首歌曲的旋律很美，像大海的潮水，此起彼伏，绵绵不绝，撞击着我的灵魂，在我的心海掀起一阵阵的波澜，让我动情、伤感、回忆——

　　1969年初，我上小学二年级。刚一开学，我们就换了一个音乐老师，叫王安梅。王老师是位很年轻的女老师，也就十八九岁的样子，个子很高，长得很漂亮，有点像新疆人，动静之间洋溢一种异域的风情。尤其是那双大眼睛，很明亮，特别出彩。王老师的嗓音很清脆，歌唱的很好听，性格也很开朗，无论做什么事都如她的嗓音干脆利落。王老师的脾气还很好，对学生很和蔼，就是严肃起来，那脸上也像隐含着笑意。

　　我一开篇便写下了这么一大段赞美的语句是不是有点虚呀！不虚，

一点儿也不虚，是真的这么好。我们所有的同学都很喜欢她。她是我们心中的女神，就像朝阳，永远那么明亮，朝气蓬勃，温暖和煦。

我上学的学校是一家大型国企的子弟学校，规模不小，设中小学各个年级，有三个校区。当时我所在的校区是主校区，最大，分前后两个院。那个时候我们上音乐课都是用落地式的风琴。风琴比较大，也比较重，每次上课都得有三四个男生从办公室抬到教室里。可就是在这抬来抬去的过程中，我们这些小男生获得了一种别样的快乐和温暖。

当时，办公室在前院的东头，我们的教室在后院的西头，之间的距离比较远，几个小学生抬一架风琴，而且还不能磕了碰了着实是比较吃力的。可是，我们这些小男生却都争着抢着去抬，一点儿也不觉得累，反而觉着很美。为什么？因为每次抬完，王老师就会在我们的头上摸一下，说声真棒！就是这声真棒，让我们这些小男生觉得自己真的是特别地棒，能很神气地在同学们面前美上一整天。

当然，我是最积极的那一个。

至于这种美感、这些往事，即便是在现在，当我们这些已到退休年龄的老同学聚会时，还是会被常常提起。而且，很明显，提起的时候，那说话的语调也比往常温和得多了。

我是幸运的，王老师注意到了我。

我在班上坐中间位置的第三排。每次上音乐课，我都很兴奋。我总是端端正正地坐在那里，抬头挺胸，目不转睛地看着王老师。王老师每教一句，我就会大声地学唱一句，最后，我总是那个最先学会歌曲的学生。那次，下课了，王老师走过来摸着我的头说，喜欢唱歌吗？我使劲地点了点头说，喜欢。你的嗓子不错，放学后到我的办公室来吧。

从此，我开始跟着王老师学习唱歌，开始了我整个学生时代的歌唱。王老师把一种美感，一种用音乐表达的人类最高级别的情感律动的美感，最初植进了我的灵魂。让我从蒙昧，到认识，到理解，到融合，到自觉，并开始走向自新。

王老师教会我唱的第一首歌曲是《我为伟大祖国站岗》。

那个时期，每天放学以后，我都会到办公室里，站在那架米黄色的风琴旁，站在王老师身旁，伴着美妙的琴声跟着王老师学习唱歌。王老师从识谱、旋律、情感的处理，到发声、咬字、呼吸、站姿、动作等一点一点地教我。不厌其烦，一丝不苟。每次练完，王老师就会摸摸我的头说一声，不错，挺棒。今天就练到这里，快回家吃饭吧。

至今，我都爱恋下午的时光，爱恋夕阳，爱恋夕阳下舒缓的风、淅沥的雨、飘落的雪。一直认为，夕阳下的这段时光最美。

我第一次登台演唱是在这年的国庆节。

当时我在后台，望着台下那黑压压的一片人头，心里特别地紧张。我求助似的望着王老师。王老师摸摸我的头问，害怕吗？我说，害怕。王老师弯下腰来握着我那双紧张的发凉的手说，不要害怕。你不要看下面的人群，也不要想他们。你就当他们是花园里的花朵。你就微微地目视右前方，想边防线上站岗的解放军战士，想他们手握钢枪，威武雄壮地站在国旗下站岗的样子就不紧张了……该我上台了，王老师再一次摸摸我的头鼓励我说，去吧，别害怕，你是最棒的。

站在台中央，我照着王老师的话去做，一点儿也不看下面的人群，只微微地扬起头，目视着右前方，一边听着前奏一边在脑海里想着边防线上站岗的解放军战士。真的，我一点儿也没害怕。透过那排高高的白杨树的树梢，我真的看到了手握钢枪的解放军战士。他们身披万道霞光在高扬的五星红旗下威武站岗的雄姿让我激动，让我振奋，让我纵情高歌……

我平生有了第一次成功的经历。这一次经历很重要，它让我明白了自信，也获得了自信。而这种自信伴随了我一生，让我无论做什么事都不会胆怯，都信心十足。

之后，王老师又教会了我许多歌曲，还有一首阿尔巴尼亚歌曲：《一手拿镐一手拿枪》。这是一首为欢迎即将来我们济南访问的阿尔巴尼亚领导人霍查而准备演唱的歌曲，是一首构建在隐隐的悲壮色彩下的，既豪迈雄壮，又铿锵有力，而又饱含欢快跳跃特色的歌曲。那时我才十来岁，根本理解了不了这些相互矛盾的概念，更找不到这种感觉。王老师便循循善诱，不断地启发我的想象力，帮我捕捉歌曲的这种感觉。记忆里，王老师的要求特别严、特别高，从发声、强弱到表情、动作一遍一遍地给我做示范，真是费尽了心血，还带我到济南少年宫的礼堂里彩排了几次。可是很遗憾，那次，霍查没能来我们济南。但是，王老师的这份心血却没有白费。她让我对歌唱又有了更深的认识和感悟，对音乐的感觉有了更进一步的提高。似乎真的如王老师所言，我可以通过想象嗅到远方的气息。从此，音乐真正融入了我的灵魂，成为了我一生的最爱，成为了我今后鉴赏，诸如：文学、绘画、书法、雕塑等一切无声艺术形式的一种思维方式。我用音乐的律动美感来欣赏她们，总览鉴别其美学意义。

无疑，这种思维方式是音乐赋予的，是王老师的教导授予的，是王老师在一次次的教我唱歌的过程中植入我灵魂的。王老师在对我进行音乐启蒙的同时，更重要的是启蒙了我的美学心智。

感恩，王老师！

……

今年是我的退休之年。回首往事，感慨良多，许多美好让我怀念，而跟王老师学习唱歌的这段美好则是我最最怀念的。恰如歌中唱道："走过循环往复的四季，老师我想你，你是我最美好的记忆。"

老去的日子
——写给又一个岁末、年初

不经意间，日子老了。

老了的日子像一口老井，素面朝天，苍白无语。井沿上那被日子磨亮了的石头，诉说着老去的日子。那日子里曾忙碌的辘轳，在老了的日子里，像一块等待风华的石头，无声无息地眼睁着日子的老去。

谁能把日子留住呢？

风无语，月无语。

我去看一个村庄，在山里。去的时候是冬天，无雪。我的去是为了看过去的日子。可我没能看到那些个日子，只看到了一个壳。日子走了，留下一个空壳。那些老去的日子被灰尘杂草盖着，在萧瑟凋敝的气里藏着。

一只乌鸦喜欢这样的日子，它在一棵秃树上"呱呱"地叫着。乌鸦每叫一声，日子就会老去一点。日子老去一点，乌鸦就会欢喜一点。乌鸦欢喜一点就会再叫一声，日子就又老去一点……日子在乌鸦的叫声里一点一点地老去。

我去看一个湖，也是在冬天，无雪。湖面上氤氲着一层淡淡的青烟。我问一个年轻人，看到那青烟了吗？年轻人摇了摇头。我有些害怕，因为我看到了那层青烟，那是日子，正在老去的日子。过去，我也是看不到青烟的，只当是日子无尽头。可，日子，就像那层青烟一样，袅袅的散去了。

一池荷，低垂着头，弯到了水里。日子吸干了它们的血，抽去了它们的筋，熬干了它们丰满的肉体，只把一个干枯的枝干留在了那里。还有那三面的柳，也一样，日子把山、把壑、把蛮荒的皱褶刻在了它们的脸上，又剃光了它们的头，让它们在日子的风里颓然地低垂着。

老去的日子还能回来吗？

回不来了。风也答，月也答。

我昨夜看一个老物件，那是一个瓷瓶，瓶上生着荷，还住了一个荷样的丽人，丽人在吹箫。据说，这个老物件已经几百年了，喜欢过它的人都去了，只有它还在。日子老了，一点一点，它却没有老。日子像河流一样向东流去，它却像河床，送走无数个日子，留在了河里。

我多么想和它一样啊，守着嫩嫩的荷，吹箫。可我不能，我是有生，有死，有生命的。

日子也是有生命的。日子的生命是很长的，长到宇宙苍茫；日子的生命也是很短的，短到须臾之间。每一点都是生与死的交替。那村庄的壳、低头的荷、秃头的柳都是放大了的日子。

日子，每时每刻，都在进行着生与死的博弈。在这博弈中，死是很猖狂、很凶残的。它视生为死敌，一有生的萌芽，便把它扼杀。而生则是很顽强的。它一次又一次地被扼杀，却又，一次又一次地活过来，不屈不挠，顽强抵抗，最终在这场生与死的博弈中，总是胜利者。它让日子生存下来，延续下去。

我也是日子的一个节点，一个生死节点，一个被放大了的生死节点。在这个节点上，我能做些什么呢？能留下些什么呢？

美丽的小槲疃

当我于 1978 年的 4 月底离开这里的时候，这片贫穷的村庄与苍茫的山峦便成了我永远的怀念。几十年来，它就像一组珍贵的胶片，在我的心底默默地珍藏着，让我惦念着。

这里就是济南市历城县柳埠公社窝铺乡河东大队的一个叫"小槲疃（旧称）"的小山村。1977 年的 9 月 1 日，我和来自济南几所中学的 20 几名应届高中毕业生上山下乡落户在了这里。

小槲疃是一个纯粹的小山村，有数十户人家。它很破旧、很贫穷、很闭塞，两百多年里，它安静而散漫地躺在济南与泰安接壤处的那片秀美的叫作"长城岭"的大山里。

我们知青住的地方，远离村庄，在村后半山腰的一个山坳里。这是一个独立的院落，坐东面西，背后是高度仅次于泰山主峰的天麻岭，前面是一条很深、很宽、很长的山沟。这山沟从院子的南边，贴着院子的山体，斜刺着从长城岭上贯穿过来，一直通到山下。沟里长满了各种叫不上名的植物，茂茂密密的，根本看不到沟底。在雨季，沟里发出很大的轰隆隆的雷声，不知里边藏了多少兵马，令人不由得心生寒意。

院子里，在北东南三面沿着陡峭的山壁和险峻的山崖盖了十多间平房。除去南面的两间做厨房外，其余的是我们的住处。我住在东边一排从北边数第三间的平房里，我的床铺就在进门靠右的窗下。

院子的中央有一个长方形的水池子。安有两个水龙头。两根黑粗的皮管子从山上的蓄水池里引下水来，权作了我们的生活用水。

院子里、沟边上还生着好几棵核桃树、山楂树、柿子树，野生的。迎门的那棵核桃树最大，树冠几乎把半个院子全都遮了起来。

真是山里无晴日。印象里，温暖的阳光日短，寒冷的阴沉日长。院子里天天湿漉漉、潮乎乎的。

出了院子向西走几步，然后北转再走几步，停下来，站在山坡上向西望去便是一片无遮无拦的坡地梯田。这梯田可不像电影里的样子，一层一层的，麦浪滚滚。这里的梯田是一小块一小块的，很零碎，散布在山坡上。右边不远的山坡下就是那片散乱的村庄——小槲疃。而极目处便是那条蜿蜒着通向泰安和济南的公路了。

对于这样的一处地方，说起来，应该是秀美的，充满了山野气息的，到处是鸟雀飞鸣、红花绿草、山泉潺湲的。可在我的记忆里，居然没有半点的色彩，似乎那花儿就从来没有开过，那树木就从来没有绿过，那鸟儿就从来没有来过，只有一片枯黄，一片凄清寥落，一片阴云下的暮暮茫茫的山峦起伏。唯一有过的，带有生命色彩的记忆，只是一棵拳头粗细的歪扭着的柿子树。它斜生在旷野的山崖上，几个柿子挂在高高的树梢，红色的，很诱人。还有，就是坡地上兀自生长着的一棵山楂树，不高，树干倒像是很粗，树冠很大，遮了半亩坡地，树上结满了红色的山楂，看一眼，那酸水便充盈在了的嘴里。

这就是我记忆中的小山村了。

记得我第一次去探望我这个山里的家是在 1998 年夏天的一个午后。

那天，天阴阴的，我租了辆车去莱芜办事，事先我告诉司机走山路顺道去我的知青点看看。当车进了柳埠，天空便炸雷滚滚，伴有零星的雨点落下。当车到了窝铺，大雨便落了下来。当车到了通向我们知青点的小路口时，那雨下的竟像是天河漏了底，瓢泼而来。我让司机下公路驶向小路。司机面有难色，支支吾吾地不肯。我岂肯作罢，我思念的家就在前面的山岭雨雾里，岂能错过。我提出多付一倍的价钱哄逼着他开进了山里。

我们的院子一点没变，只是院子里增添了一片荒凉、一片齐腰的杂草。我撑了一把黑伞，在院子里到处转了转，又进到我过去的房间里，站在床位边上默默地发了一会儿呆，随后向看院的老乡打听了一下过去的老人，知多已故去，最后又出了院子站在山坡上向山下的村子望了望，见雨雾茫茫中还是那么的散乱、破旧和寥落，不由得心生一种酸楚，伤感起来……

第二次探望是在今年的 5 月 3 日。

前一天，我和我的 40 多位中学同学聚会在仲宫的一家生态园里（仲宫南距柳埠 20 多公里）。沐浴着山里特有的风，眼看着山里满目的翠，我的内心里竟生出了强烈的对小槲疃的思念之情来。第二天，便开车带着妻子去了那里。

刚进柳埠地界，我便机警起来，一边开车一边极力地向两边望去，寻找那些曾经的记忆。

记得当时我们来的时候，坐在两辆解放牌的大卡车上，那车丁零咣啷，慢慢腾腾；那路，坑坑洼洼，尘土飞扬。路的两边几乎看不见树，四野一派萧瑟，远处的山峦灰蒙迷离。我的内心里有一种莫名的兴奋和对未知的惶恐。而今天这里已是道路平整宽阔，空气清新，路的两边整齐地护立着两排高大的白杨，四野里野花绽放，远处峰峦叠翠。那条从山里流出来的汇聚各路泉水而成的玉符河依着公路蜿蜒地向北流去。我兴奋起来，给足了油门使劲地向前奔去。

直觉告诉我，这里该是通向我们村子的路口了，可眼前的一切却让我怎么也认不出来了。过去的那条弯曲狭窄荒凉的土路哪里去了？怎么横在面前的是一条掩映在树荫下的水泥路呢？我踌躇着下车向一位在路边摆摊的老乡打问。老乡一下就猜出我是当年下乡的知青，还一口气说出了我们好几个知青的名字，这让我很高兴，感到很温暖，也很感动。事隔近40年，这里的乡亲们居然还能记着我们，怎么能不让人感动呢！

告别了老乡，我开车进了山里。嘿，那叫一个爽！曾经记忆里的枯黄，现在是满目的翠绿。梯田里绿了，山岭上绿里。核桃树、山楂树、柿子树、杏树漫山遍野。那山楂树盛开着白色的花儿，满了枝头，远远地看去像晶莹剔透的雪花，漂亮极了。

路过村子，那更是让我惊呆了。乡亲们的房舍全都变了样，高大气派，砖瓦到顶，有的还是二层小楼，全都是独立院落，那院落的围墙上一簇簇的蔷薇花绽放开来，真是漂亮。村里的路也宽了。路边、房前、院子里还停了好多辆汽车，真让人惊喜。记得当年我们在的时候，整个村子一派贫穷落后的景象，全村就没有一处砖瓦到顶的房子，村民们的房屋几乎全都是用形状杂乱的青石垒成的，低矮、潮湿、破旧，墙体上裂着小拇指般粗细的缝隙，缝隙间还生出许多杂草。村里根本就没有路，有一条可以插脚走的路，也是乡亲们长年累月在各处走动时自然形成的，高高低低、上上下下，又细又窄，鸡肠似的，稍不留意绊你一下，甚或是摔你一跤那是必然的。至于汽车，那更是连想都不敢想，全村就只有一辆拖拉机，宝贝似的，任谁没有大事要事是不能坐的。我，在整个的知青期间就坐过两次：一次是去长城岭上干活，回来时恰巧碰到，十几位同学一溜儿排开，硬是逼停了车，乘了回便车；再一次是生病，高烧，两天不退，村里的萧书记特批用拖拉机送我去了公社医院……

看着眼前的一切，妻子不无惊讶地说：这里怎么这么富呀！这哪像是农村呀！简直就是藏在山里的别墅区嘛！我兴奋地回道：为什么不是农村呢？这里的自然资源这么好，山货满山遍野。这里的乡亲们又勤劳又能吃苦又不比别人差。再说，现在党的农村政策又这么好，怎么能不富呢！

可待我们到了知青点，我却傻眼了。刚进大门便见一只笼子里的藏獒"汪汪"地狂叫。院子里，全都变了样，昔日的陈迹一无所存，立在眼前的竟是一座漂亮的二层楼房。我一时蒙在了那里。这时，一位魁梧的中年男人走了过来，在经过一番攀谈之后得知：他是过去村里萧书记的二儿子，是现在院子的主人，几年前他买下了这所荒废的院子，推倒了，重新进行了建设。他还告诉我，现在的小槲疃大变样了，党的农村政策让乡亲们得到了实惠，大家的日子也都好过了，家家户户早都盖上了新房，有的还开上了汽车。山里人走出去，城里人走进来，扩大了城乡交流，山里的瓜果再也不用愁销路了……

出了院子，我重新站在院前的山坡上向西望去。天空一碧万顷，远处的山峦起伏连绵，四野里郁郁葱葱，和风吹拂。那片曾经散乱的村庄掩映在满山的翠绿之中显得是那么的宁静与安详。那条通向泰安、通向济南、通向更远的地方的公路清晰的触手可及……

忽然有一种崭新的轻松与豁朗从我的心底涌遍全身，压在我心头的那片阴云，涂抹在我心头的那片枯黄瞬间全然散去。我禁不住挥起手臂忘情地大喊："小槲疃，我美丽的小槲疃——"

给那条饱经沧桑的老河拜年

　　我的家在济南天桥区一条叫半边巷的街上。巷子的北边有一条河，叫工商河，也叫引河。工商河、引河都是它的官名，我们那儿的人都叫它北河。

　　小时候，我并不知道它是怎样的一条河，只知道它从老远老远的西边来，又向老远老远的北边去。后来，长大了，知道了它的出处与去处：它来自我们济南北郊的小清河，先是一路向南，过几座石拱的小桥，来到了我家附近的成丰桥下，然后又一路向东，拐一个弯再向北，又流向了北郊的小清河。这样，它在我们那一带画了一个 U 形的圈。这个圈，在现在的人们看来，已经无足轻重了，只是一处可供大家闲来散步的河流罢了。可细细地考究一下它的历史，考究一下我国 19 世纪末 20 世纪初的那段清末民初的历史，您就会惊异地发现，它竟是我们济南民族工业崛起的一个助推器，它曾承载着我们济南人的梦想，流淌着我们济南人开拓进取，包容并蓄，面向世界的胸襟与抱负。

　　近代以来的中国，由于清政府的腐败无能，屡遭帝国主义列强的欺

119

凌与蹂躏。南京条约、天津条约、马关条约以及辛丑条约等一系列不平等条约的订立，不仅加速了清王朝的灭亡，同时也极大地唤醒了中国人民反抗列强侵略，争取民族独立的意识与觉悟。一批又一批的有识之士，奔走呼号，开始了救亡图存的探索。洋务运动、维新运动、义和团运动就是那个时代，一部分率先觉悟了的有识之士，从经济、体制、民间三个层面率先进行的反对帝国主义压迫，力图挽救国势渐微的具体实践。我们济南正是在这样的一个大背景下开始了它最初的自身蜕变。

1904年应该是济南蜕变的元年。这年的6月，德国人修建的胶济铁路就要通车了。早在年前，济南的有识之士便敏锐地意识到，铁路一旦开通，帝国主义势力势必由沿海地区开始向我国内陆地区渗透与发展，甚至会像上海、天津、青岛等沿海城市一样，也会在济南以利商为名，设立租界，从而形成国中之国，加速对我中华资源的掠夺。于是，为维护自主之权，争得利权，济南人（同时也有潍坊、周村两地）主动在这年的5月"自开商埠"，将济南老城西门之外的那一大片广阔的区域开辟为商业开发区。商业开发区的建立不仅改变了济南旧有的商业情态，同时也改变了济南人千百年来保守封闭的生活方式与思维方式。一个开放、包容、进取的新济南诞生了。

1912年，津浦铁路通车了。这条铁路开始是由清政府向英德两国贷款历经四年修建的。它始自天津，途经济南，直达南京。一夜之间，济南又成为了中国南北交通之要冲，四方货物周转之集散地。济南人沸腾了，心胸也更加开阔了。得地理之优势，求城市之发展，济南不应独为商业贸易周转之地，更应成为生产制造之地的呼声，是那个时期，每一个有胆识、有远见的济南人的共同愿景。于是，建一个以生产制造为主的工业区就成了当时城市发展的主题。北拓，建立北埠（北部工商业区），就是济南人在开放发展的道路上又向前迈出的一个新步伐。

北埠区就在现在的天桥区一带，据《历城县乡土调查录》记载：其

"东尽津浦铁路，北抵洛口镇，西以黄河码头黄家屯庄，南界官扎营。"总占地面积 17700 余亩，是先开发的西埠区面积的四倍之多。当时的这里，地势低洼，土地贫瘠，雨季成涝，遍地茅草，是荒芜盐碱之地。然而，锐意进取的济南人在这里平土地，填沼泽，修公路，建桥梁，通水通电，修堤开河，又实行土地承租、税收、贷款等各项优惠政策，广开门路，招商引资，先后修建公路（纵横）约 30 条，建起纺织、印染、化工、粮食加工、机械制造等各类企业几十家，实打实地把它建成了一个繁华的近代工商业新区。

北河，就是这个时期的产物。它开挖于 1925 年春，竣工于 1926 年春，宽约数十米，长近七公里，历时一年，动用民工万余。它引小清河之水，浩浩荡荡地行北埠一圈，再入小清河，是当时雨季排涝，船运货物的主要手段。那时，它之两岸工厂商铺密集，它之水面舟楫画舫穿梭。它东可达渤海，畅游四方。它把我们济南人包容并蓄，勇于开拓进取，吐纳四海的抱负与胸襟传遍了四面八方。

我对这条河的记忆始自 20 世纪 60 年代初期，当时，我三五岁的光景。记忆里，这条河的两岸排列着一排排粗大的杨树和柳树，河面很是宽阔，水势很是浩大，清黄的河水，闪着耀眼的波光从成丰桥下明晃晃地流过来，又从我的脚下明晃晃地流过去。我站在河的南岸，站在一棵粗大的柳树下，嘴里含着一个黄色的小喇叭，冲着河水，冲着河面上往来的船只，使劲地吹着。那时，面对奔涌的河水，我一点也不害怕，尽管水面涨满的几与岸平，河水不时地涌上河岸。因为有母亲在，母亲正和邻居的大娘、大婶们一起在我旁边的石头上洗衣服……

后来，我的生命里写满了这条河的记忆——快乐的、幸福的、忧伤的、痛苦的。

20 世纪七八十年代，由于小清河的水源大量减少，这条河的水面也开始大幅度下降，加之铁路、陆路运输的快速发展，它的运输功能已经完全丧失，于是，它淡出了人们的视线，甚至被遗忘。有一个时期，黑臭的淤泥塞满了河道，河水几乎断流。周边 20 多家工厂的工业污水及周围无数居民的生活垃圾昼夜不停地往河道里排放。那时，每天都能看到一条条暗黄、酸臭、泛着泡沫的污水，漫过淤泥，流向河的中央，老远就能闻到一股刺鼻的怪味、臭味……

这是它最痛苦、最无奈、最凄惨的一段时光。我有时在它的身边走过，看它笨拙丑陋的样子，看河中流着的那条断断续续的细流，就像一位饱经沧桑的老人脸上流下的泪水，我和它一样，感到痛苦。我常常替它打抱不平，为它曾经的荣光丝毫没有赢得人们的尊敬与爱戴。可它，却无语。它依旧默默地、倔强地躺在那里，承受着世界给予它的一切，独守着那份孤独、不平与苦难。

好在，那样的苦难都已经结束了。2000 年前后，特别是前几年，天桥区政府多次对它及沿岸进行了综合治理。截断了污水，清除了淤积，疏通了河道，建起了污水处理站，用青石重砌了河岸，加装了石雕围栏，栽种了大量的花卉植物，今天的北河重又焕发出了昔日的光彩，人们又可以在柳林里散步，在岸边垂钓，在清波里荡舟了。

今晚是大年三十的晚上，我踏着一地的月光，在阵阵除旧迎新的鞭炮声中，来到了它的身旁。凝望着静静的水面，我的心如河水般平静与安详。我来给它拜年，来给陪着我的童年、少年、青年、中年一路走来的这条老河拜年。我对着长天皓月祈祷：在这新春到来之际，祝愿这条老河永远美丽，不再有孤独、痛苦与忧伤。

第三辑

铁公祠，忠义不屈之魂

一

一轮秋日的夕阳，把一片血样的殷红，罩在了古城的上空。那道昔日里宽厚威严的古城墙已是遍体鳞伤，满目疮痍。那座翼然于城头上的城门楼子也已拆去了一角，余一面杏黄旗还在残阳的风里，斜插着，无力地飘着。一个个被火燎烟熏过的士兵，手持刀枪，强提着一口气，立在城头。城墙下，十余丈宽的护城河，水色褐红，浸泡着无数断指残臂的尸体。远处，无际的原野上，随处都是卷了刃的大刀、削了头的长矛、折了翼的箭镞、散了架的云梯、器械，还有一匹匹无人照看的马匹……

此时，城门大开，吊桥平放，一队人马，八九人，正由西向东而来。他们纵马驰骋，风驰电掣，一个个盔甲鲜明，刀枪锃亮，虎狼一般。领头的一位，身形粗壮，面色黝黑，着黄色蟒服，罩黄罗伞盖，胯下是一匹雪白的高头大马，手执一条打马的鹿筋短鞭。他没带刀枪，也没穿盔

124

甲，但是，更显得趾高气扬，不可一世。

他们走过吊桥，走近了城门。突然，就在他们跨进城门的瞬间，随着一声"千岁到"的喊声，城门上方轰然落下一块巨大的重物，不偏不倚，正好砸在了那匹高头大马的头上。顷刻间，血光四溅，人、马摔倒在地。霎时间，古城内外杀声四起……

这是今年五月，我独自坐在大明湖北岸，"铁公祠"园内的"湖山一览楼"的二楼上，一边品茶、一边望着眼前浩瀚的湖水，脑海里涌现出的一个场景。场景中的古城是旧时的济南。城门是西南门。那骑白马罩黄罗伞盖者是当时的明燕王朱棣。那块落下的重物是一块巨大的铁板。它是由铁公祠所纪念的主人、时任山东参政的铁铉安排人抛下的。

这是发生在公元一千四百年那个秋天的故事，是明王朝内部战争中的一个片断。它，无关乎正邪，却关乎信仰、忠义与精神。

二

洪武三十一年（1398），明太祖朱元璋在应天（南京）驾崩，其孙朱允炆继位。朱允炆登基后，很快便在齐泰、黄子澄、方孝孺等大臣的协助下推出了一系列新政，史称：建文新政。新政中很重要的一项举措就是削藩。

当时的明王朝共有 25 个藩王，朱棣是燕王，封地北平。削藩的速度很快，三五月间便削掉了五个。这五个被削的藩王，命运很惨，一个自杀，四个被废为庶人。朱棣惶恐，并敏锐地意识到下一个被削的定是自己。于是，为求自保，铤而走险，于这年的八月打出"清君侧"的旗号，起兵造反，开始了一场与侄子朱允炆争夺皇位的战争。

这场战争，史称"靖难之役"，缘起"削藩"，历时四年，最后以朱允炆失踪，燕王朱棣登基而告终。

三

战争进行的很快，1400年6月，朱棣便接连大败朝廷耿炳文、李景隆率领的征剿大军攻下德州等诸座城池，兵临济南。此时镇守济南的是山东参政铁铉与都指挥盛庸。两人歃血为盟，在"北湖水面亭（《铁公祠记》清·翁方纲）"举行誓师大会，矢志固守。

铁铉（1366—1402年），邓州人（河南），元代色目人后裔，性情刚决，聪明敏捷，才干超群，成绩卓著，深得明太祖朱元璋器重，赐字"鼎石"。建文帝即位后，历任山东参政、山东布政使、兵部尚书等官职。

当时，燕王朱棣并未马上攻城，而是将一封劝降信随箭射入城内。言，朝无正臣，内有奸逆，特遵《皇明祖训》举兵诛讨，以清君侧，劝铁铉随他一同进京靖难。铁铉不为所惑，效其法，亦将一封信随箭射入燕营。朱棣展开看时，却是《周公辅成王论》一文。朱棣明白，这是铁铉借用历史上周公吐哺的故事，劝他不要造反，做当下周公的意思。朱棣悻悻然，劝降不成，遂开始攻城。

那日，无数燕军在燕王朱棣的指挥下，架着云梯如潮水般杀来。双方箭矢如雨，杀声震天……

铁铉披挂上阵，勇立城头，为将士们擂鼓助威。同时，拉弓放箭，手掷石块，舞剑击敌，表现出了一种誓与城池共存亡的英雄气概。在他的感召与带领下，守城将士无不斗志昂扬，以一当十，神勇无比……

就这样，双方一攻一守，相持三月不下。

朱棣见强攻不成，心生一计，欲引黄河之水淹城。铁铉闻讯，急中生智，想出一条对策——诈降，诱杀朱棣：铁铉先是将精兵伏于城门两侧，又置一巨大铁板悬于城门上方，然后派千余兵士前往燕军大营诈降，骗朱棣前来受降，待其走进城门时掷下铁器，伏兵杀出，一鼓作气结果了朱棣性命。这，就是本文开头出现的那血光一幕。

然而，人算不如天算，那位被安排抛下铁器的士兵或许是因为紧张、或许是因为立功心切，总之，他抛出的时机出现了偏差，早了那么一点点，铁器没有砸在朱棣的头上，而是砸在了白马的头上。马死了，人惊了，惊悚中的朱棣换了一匹快马，在众卫士的拼死保护下，飞马回奔，死里逃生。

经此一劫，朱棣恼羞成怒，立即架起数十门红夷大炮开始对济南城头狂轰滥炸。一时间，硝烟弥漫，碎石乱飞，眼见着城池将破。

危急时刻，铁铉又生一计。他把太祖画像挂在城头，还亲手制作了许多太祖牌位分置城头各处，又令将士们高喊："太祖神位在此。"朱棣一看，顿时蒙了，这哪成啊，炮打老爹神位，这岂不坐实了不忠不孝的骂名吗？于是，只能急令停止攻城，眼看着济南守军修补城墙，重新排兵布阵，却无计可施。

恰在此时，朝廷的另一支由大将平安率领的征剿大军，猛插燕军后方，欲断其粮道。消息传来，朱棣心下大惊，遂急令回撤，济南解围。

获胜后的铁铉，在"北湖水面亭"处召开了盛大的庆功会，大摆宴席，宴请守城军民，嘉奖有功将士，庆贺这次济南保卫战的胜利……

四

1401 年冬，朱棣再次起兵。这次他绕道济南直趋京师，在经过了大小数次战役之后，终于，于 1402 年 7 月攻克京师。皇帝朱允炆下落不明。朱棣登基，改元永乐，是为明成祖。

朱棣登基后，立即回兵北上，再攻济南。铁铉死守不降，最后，兵败城陷，退守淮南，被擒。

此时的朱棣已是高高在上的皇帝，他很想看一看这位不识时务，还曾差一点要了自己性命的汉子与那些站立朝堂的"识时务者"们究竟有何不同。甚至，他还想和他聊一聊，论一论战事的长短。所以，他令人将铁铉押来，押到了朝堂上。然而，令他万万没有想到的是，他看到的只是一个背影，而且，只能是一个背影。铁铉背向而立，不跪不拜。因为，在铁铉的骂声里，他是篡位者，是一个不忠不孝的人。这样的人，铁铉不见。

朱棣大怒，令人割去了铁铉的双耳、鼻子，并割其肉强行塞入其口中，然后变态地问："甜否？"铁铉正色道："忠臣孝子的肉岂能不甜！"

朱棣的愤怒终于达到了极点。他号叫着，将铁铉凌迟处死，再投入油锅。

铁铉不再骂了，因为，在他的心里那个自称是皇帝的人不配。他蔑视他。他淡淡地笑着，默默地看着刽子手们把他身上的肉一刀一刀地割下来……

铁铉死了，37岁，为了坚守他心中的信仰——皇位正统论。然而，就在他死的那一刻，一颗忠义不屈的灵魂却活了。她化作了一股气，一股浩气。这股气，至刚至大，"足以壮鹊华，澈源泉，贯金石而耀日星也（《铁公祠记》清·翁方纲）。"她升上了天，变成了雨、变成了云、变成了风，也变成了阳光。她滋润着这方土地，也塑造着，生活在这方土地上的，这个古老民族的性格特征——舍生取义，忠贞不屈。

铁铉，忠义精神，不朽！

五

今天，当你沉醉在大明湖那旖旎的风光里，沿湖拂柳环行，就会在北岸，一处绿荫浓密的所在，走进一处院落。这处院落，亭榭回廊，花木扶疏，古朴清幽，典雅厚重，这，就是"铁公祠"了。

铁铉（铜像）在北面的一处祠堂里，面南，双手捧笏，迎门端坐，神情庄重，目光坚毅。那目光掠过院内的"得月亭""小沧浪亭"，还有那一湖澹澹的碧水，落在远处的那片连绵不断的大山里。

那是泰山余脉，千佛山。

我想，他爱那山，雄伟壮阔，锦绣如屏……

大明湖畔，一曲沉雄豪放的英雄悲歌

每当我从这里走过，仿佛就能听到那阵阵沙场秋点兵的号角，看到那列列气吞万里如虎的铁马金戈，似乎那"杀贼！杀贼！"的声声高呼，就在这参天的白杨间、茂密的国槐间、婀娜的绿柳间回荡……

这里是"辛稼轩纪念祠"。

辛稼轩纪念祠坐落在大明湖南岸，遐园西侧，约百米处的一片绿荫里。远看，黑墙灰瓦，在摇曳的绿荫里，神秘而静谧。近看，石狮、照壁、门楼、飞檐、朱漆、高匾，透着一股墨色的历史沧桑与古韵，让人一望便陡生一种对遥远时空的遐想。

这是一组典型的中国古代官宦家庭式的建筑，由南向北，三进院落，占地约1400平方米。说起它，就不得不从晚清重臣李鸿章起笔。

1901年，李鸿章死了，死于胃病咳血。慈禧下诏晋封李鸿章为太傅、一等肃毅伯，谥文忠，并敕令在其原籍及各立功省份建祠10处以示恩宠。现在的这座宅院便是这10处中的一处。它成于1904年，为时任山东巡抚周馥所督办，始称"李公祠"。

这样的一处建筑，在近代，随着它所依附的大清帝国的土崩瓦解，也开始逐渐凋零破败，直至埋没在了历史的荒草杂芜中。1961 年，济南市人民政府开始对它进行了全面修缮。修缮后的李公祠改为了辛稼轩纪念祠。从此，这座弥留在历史烟尘中的庭院迎来了新生。

辛弃疾（1140—1207 年），原字坦夫，改字幼安，号稼轩，济南人，追赠少师，谥忠敏，是我国南宋时期杰出的军事将领、豪放派词人、伟大的爱国者。

辛弃疾出生的时候，"靖康之变"已经过去了十多年，他的家乡也早已被金国占领。他在青少年时期，亲身经历了金人对汉人的欺凌与压榨，在他祖父辛赞的教育下，很小就立下了抗金复国的大志。

21 岁那年，金人开始大举入侵南宋，为了策应南宋抗金，辛弃疾在家乡拉起了一支 2000 多人的队伍加入了由耿京领导的起义军，并任掌书记一职。在这期间，辛弃疾做了一件被世人赞曰"壮士英概，懦士为之兴起，圣天子一见三叹息（洪迈《稼轩记》）"的壮举：那年，耿京派辛弃疾去南宋朝廷联络起义军南归事宜，不料，辛弃疾在完成使命归来后，面对的却是耿京被叛徒张安国刺杀，起义军队伍溃散，张安国降金的局面。辛弃疾大怒，提枪跃马，带领 50 几名壮士，杀入了拥有数万人之众的金营，将叛徒活捉，又马不停蹄地狂奔千里，回归南宋，交由宋高宗处置（斩首）。此事，威震南宋上下，辛弃疾，一举成名。

回归南宋后的辛弃疾，本以为可亲率王师，北伐中原，收复失地，实现他抗金复国的夙愿。可是，此时的南宋朝廷却早已厌倦了战争，不思进取，只求偏安一隅，所以，辛弃疾的凌云壮志难以实现。于是，他陷入了一种生命的悲哀里。而且，他的这种壮志越是高远，他精神上所遭受的打击也就越是强烈，他生命的悲哀也就越是深重。

辛弃疾初到南宋时，先是得授承务郎，后拜江阴判官。再后来，他辗转多地为知府、为安抚使，湖南、湖北、江西、福建、绍兴、镇江等地都留下了他的足迹。在这一时期，他无时无刻不盼望着北伐中原收复失地，每到一地，便在治理荒政、治安等政务的同时，积极备战，准备一旦朝廷有令，便挥师北上。辛弃疾曾上书《美芹十论》《九议》等来阐述抗金复国的方略，督促朝廷下决心北伐。也曾亲率大军在江西一举剿灭为祸多年的"茶商军"叛乱，在湖南训练过一支骁勇善战的"飞虎军"。然而，他的这些真知灼见和军事指挥才能却未被朝廷采纳和重视。这样，辛弃疾始终在一种压抑沉郁的精神里煎熬着，可谓：一腔热血空对月，满腹韬略枉自谈。

终于，43岁那年，正值壮年的辛弃疾遭主和派谏官弹劾，被罢官闲居。闲居地在江西上饶的铅山附近。之后，在长达25年的岁月里，辛弃疾有20多年都是在此度过的，被迫做了陶翁。其间，虽有两次被招为官的经历，但是，时间都不长，加起来也不足五年。1207年10月3日，辛弃疾在无奈的叹息中，带着满腹的忧郁和愤懑走完了他的一生，享年68岁，墓葬铅山县南15里的阳泉山。据说，辛弃疾在弥留之际，还瞪着混浊的双眼，高呼"杀贼！杀贼！"数声，那声音满是悲愤与凄凉。

辛弃疾的一生是悲哀的，理想与现实出现了天大的矛盾。他长期受主和派压制，其凌云壮志难以实现，雄才大略无处施展，其内心抑郁悲愤，其精神备受煎熬，然而，正是这种境遇，才铸就了他不同于历史上的任何一位伟大诗人的特质。他把"男儿到死心如铁"的倔强与刚毅，把"看试手，补天裂"的凌云壮志，把"气吞万里如虎"的万丈豪情，融进了文字，化作了一首首不朽的诗篇，成为了我中华文明永世的骄傲。

有人说，辛弃疾的豪放与苏轼齐名；婉约与柳、李堪比。谬也！苏轼的豪放与铁马金戈何干？柳、李的婉约与壮志难酬何干？辛弃疾的词，每一个字都浸着血，浸着忧，浸着愤，浸着无奈和热望，浸着"补天裂"的凌云壮志。他的每一首词都是他决堤的热血奔涌的潮声。他是"人中之杰，词中之龙。"他是唯一。

醉里挑灯看剑，梦回吹角连营。

八百里分麾下炙，五十弦翻塞外声，沙场秋点兵。

马作的卢飞快，弓如霹雳弦惊。

了却君王天下事，赢得生前身后名。可怜白发生！

　　这是辛弃疾的词。听，这是一个多么高昂的生命，唱出的惊魂蚀骨的英雄悲歌呀！

　　今天，当我们走进这里，走进这一个个小院，读罢这里的每一幅图片、每一段文字，尤其是与辛弃疾（铜像）那双无限苍茫、望断秋水的眼睛对视后，我们的心情就不会再平静了，会像这大明湖的湖水一样潮涌。在这不尽的潮涌中，我们的情感会凝重，我们的热血会沸腾，我们的精神会高昂，会变得无比的高昂……

南丰祠，一盏穿越时空的明灯

一

自秦已降，济南有两千多年的建邑史（秦设济北郡历下邑）。在这浩瀚的历史长河中，地方官员何止千万，政绩卓著者亦不乏其人。他们均以自己的德行学识为这座城市留下了不朽的英名。如东汉末年的曹操，中平元年（184）任济南相，仅数月，便以他的文治武功超凡胆识，肃吏治，除贪官，禁淫祀，易风俗，使上下风气焕然一新，为世人所赞佩。再如：赵孟頫，至元二十九年（1292）任同知济南路总管府事，凡两年余，简政务，慎刑律，兴教助学，使"三十年后济南俊杰之士，号为天下之冠（《元史·赵孟頫传》）"也彪炳史册。然而，这些良吏贤士除了在竹简史册上留下了一些赞誉文字之外，没有一人能让济南的老百姓为他们建起一座供后人景仰的纪念祠。只有曾巩，唐宋八大家之一的曾巩，一座"南丰祠"让世世代代的济南人永远铭记、怀念。

"南丰祠"坐落在济南著名的风景区大明湖东北岸，其南披明湖潋滟晨光；北沐汇波古韵晚照，是一座集明清两代建筑于一体的古建筑群。院落坐东面西，占地约 2535 平方米，由北大殿、南戏楼、水榭、荷池、明晏公台等古建筑物组成。院内古木森森，古韵悠悠，水香、木香、荷香，沁香隐隐。

祠堂设在北殿，门首高悬"南丰祠"匾额，两侧抱柱挂"北宋一灯传作者，南丰两字属先生"的对联。走进祠堂，殿堂深阔，墨宝盈壁，一室清雅，先生化作一株家乡江西南丰的千年古樟站立在殿堂中央，清瘦，矍铄，戴鹅冠，着长衫，手捧书卷，正以一双深邃的目光静静地眺望着远方。

我曾无数次地站在先生的像前，仰望着先生，想透过这双深邃的目光找寻一个答案：究竟是怎样的一种情缘，让生性粗犷的济南人为这位文弱的南丰人建起了这座纪念祠呢？

二

北宋神宗熙宁四年（1071）六月，曾巩来到了齐州，任知州，也就是现在的济南市市长。

当时的齐州境内有两害：一曰盗匪；二曰水患。盗匪者，土匪与禽兽豪门也；水患者，雨水洪涝也。两害久矣，历届州府县衙或庸政、或懒政、或渎职，均熟视无睹，百姓深受其害。曾巩一到任，便立即"无忘夙夜，勉尽疲驽（《宋史·曾巩传》)"对这两害进行了全面的调查与整治。

——当时，境内有一周姓豪门，其子高仗着家里有钱有势"横纵淫乱"无恶不作。州府县衙或惮其势、或收其贿、抑或就是沆瀣一气竟装聋作哑不管不问，致使其更加嚣张，以至于"贼杀平民"。曾巩掌握实情后，立即将其抓捕法办。一时间，齐州上下肃然，百姓无不拍手称快。大恶既除，小恶如土匪地痞无赖者皆望风惶恐。曾巩又顺势恩威并举将其也一并铲除，还了齐州一个清平的世界。此举，所费时日仅月余，一如风卷残云，可谓大快人心，人心大快。

——由于齐州地势南高北低，又城内多泉，加之泄洪河道经年未疏，壅塞不畅，所以每逢雨季，大雨滂沱，常致城北一带积水成涝。曾巩在实地考察后，查明了症结所在，立即着手整治，实施了一项济南历史上最为伟大的综合水利工程：疏浚河道，修建北水门，深挖大明湖，筑百花堤（现曾堤），架七桥风月。该项工程的实施不仅彻底解决了肆虐齐州数百年之久的洪涝问题，还使昔日的洪涝灾区变成了今日景色优美的大明湖。这项工程动用民工万余，用时也仅约半年。

三

无疑，这两项举措都是利城利民的好事，尤其是第二项更是泽被后世的一项无量的功德。然而，当我们今天把它与历史上诸多类似的事例，如与曹操的五色棒、李冰父子的都江堰进行比较时就会发现，这两项政绩实在是没有什么特别的地方。让我们来看一看此二人的政绩。

——东汉末年，年仅 20 岁的曹操被授京都洛阳北部尉。洛阳是东汉首都，天子所在，皇亲国戚达观显贵可谓多如牛毛，随便拎出一个都是吃人的"老虎"。然而，曹操却不畏权贵，坚持依法治城，独设五色棒十余杖于衙门外，对敢犯禁者，不分贵贱，一律刑之。当时就有天子宠臣蹇硕的叔叔，仗势藐视，违禁夜行，曹操当即将其擒下并依律用五色棒棒杀。现在遥想一下，这在当时那个"刑不上大夫"的封建社会该是一件何等轰动的大事呀！说惊天动地也不为过，真乃非胆识魄力可擎天者不敢为也。

——秦昭王末年，李冰任蜀郡太守，即相当于现在的四川地区领导人。那时的蜀郡非"天府之国"，而是旱涝灾害之地。旱时，滴雨不下，颗粒难收；涝时，岷江汹涌，一片泽国。李冰到任后决定治理岷江造福百姓。李冰父子先是亲自沿岷江北上视察水情并设计制定了治水方案，然后组织属民大力实施，历八年余，凿山挖渠，筚路蓝缕，终于建成了水利工程都江堰。都江堰的建立彻底解除了岷江水患，使蜀地在后世的两千多年里成了"水旱从人，不知饥馑，时无荒年"的天府之国。即使是在今天，这一宏伟的水利工程依然发挥着无可替代的作用，灌溉着成都平原上广袤的万顷良田，润泽着这方土地上的万千生灵。

试问：曾巩政绩与此二人相比若何？显然是无法比拟的。前者，曹操打的是"老虎"，曾巩打的是"苍蝇"。而后者，则更有大巫小巫之别。无论是衡量工程量的大小与艰辛程度、还是衡量工程的实际效用以及对后世的影响，都是。然而，曾巩却主要是因为这两项政绩让济南的老百姓自发地建起了这座纪念祠，何也？本人以为：勤政爱民是根本。一个官员最难能可贵的品质是什么？是心系百姓的情怀。有了这种情怀就会有担当，就会有作为，就会有勤政的自觉。政绩有大小，而心系百姓的情怀无高低。

四

说起心系百姓，我就会想起屹立在丹崖山顶蓬莱阁（烟台市）上的苏公祠。这当是地方官员勤政爱民的典范，也是民之所爱的范例。

宋神宗元丰八年（1085）十月，苏东坡任登州（蓬莱）知州。其实，苏东坡任职时间很短，才五天。然而，就是这短短的五天，他却心系百姓，在了解到百姓的困苦后，为民请命上书了一道《乞罢登莱榷盐状》，废除了当时桎梏百姓百年之久的、既不利国也不利民的官盐专卖制度，让灶户与百姓在自由贸易中都实实在在地得到了好处。为了铭记这份功德，登莱百姓在蓬莱阁上自发地建起了这座苏公祠，从而留下了"五日登州府，千年苏公祠"的不朽丰碑。

或许有人会说，曾巩、苏轼都是唐宋八大家，文章冠天下，在其任所都写下了许多不朽文章，为宣传当地，提升当地的文化品级做出了巨大贡献，这也是百姓爱戴他们的重要原因。是的，的确如此。曾巩在齐州期间曾写下了几十首歌咏齐州风物人情的诗文佳作，而且还修缮了"泺源堂""历山堂"，著文《二堂记》，考证了"舜耕历山"（历山即千佛山）和第一次命名了"趵突泉"，为齐州，这座历史文化名城，在其人文底蕴的积累、形成、发展的漫长的历史长河中留下了浓墨重彩的一笔。苏轼也为登州写下了十多首诗文，尤其是那首《海市诗》更是给这座海滨城市增添了更加瑰丽玄奇的仙境色彩。但是，这些都不是主要的原因。如唐初四杰的王勃、北宋名臣范仲淹也都是文学大家。王勃为江西南昌的滕王阁写下了《滕王阁序》，范仲淹为湖南岳阳的岳阳楼写下了《岳阳楼记》，这两篇文章也都是传诵千秋，使两处阁楼名扬天下，然而，却也未见两地百姓为他们建祠以记。由此可见：齐州、登州两地百姓建祠纪念曾、苏二公"盖非以文章祀，实以治绩也（清代登州盐政碑记）。"

孟子曰："爱人者人恒爱之（《孟子·离娄章句下》）。"南丰祠、苏公祠再一次印证了孟子的这句至理名言。百姓的爱戴不是以你居官职位的高低来衡量的，也不是以你居官时间的长短来衡量的，更不是以你文章的水平高低来衡量的，甚至也不是以你政绩的大小来衡量的，而是以你是否关心民间疾苦，真心实意地为老百姓谋福祉来衡量的。那些心怀赤子之心，一心一意为百姓做好事，解决百姓困苦的官才是老百姓所倾心爱戴的官。

"人生易老天难老（毛泽东诗词《采桑子·重阳》）。"天之寿，浩大无垠岁有重阳；人之寿，白驹过隙日无复来。古往今来，多少帝王将相，如始皇帝般，都梦想着能与天同寿。可事实上有吗？没有。能与天同寿的不是肉身而是德行。作为一个好的官员，其德行就是全心全意为百姓服务、为国家谋发展、为民族求振兴。如此，您将会与天同寿，被世世代代的人们所歌咏。

五

据史料记载：北宋神宗熙宁六年（1073）六月，曾巩要走了，转任襄州知州。齐州的百姓闻讯后，纷纷拥至衙门以挽留。挽留不成，便关了城门，拉起吊桥，不放曾巩离去。曾巩只好在一个夜晚，趁百姓熟睡之际，顶着月色，只身悄悄出城，离开了齐州。您看，百姓竟爱戴不舍如此！

在他走后的数百年间，世事沧桑，朝代更迭，齐州也从北宋经历了金、元、明几个朝代，走马灯似地换了无数官员，可是，齐州的百姓还是忘不了他，忘不了他的恩德。人们在因屡经逐鹿战火而流离失所、权贵贪腐而民不聊生、强权匪患而生活维艰后而更加地怀念他，同时也在心底呼唤着像他一样的好官，期盼着那个他所治下的短暂而清平的日子能再次来临。于是，明正统年间，人们自发地在舜曾躬耕的历山（千佛山）上修建了"曾公庙"，又在清嘉庆年间移至现址并改称"南丰祠"，用来表达对他的爱戴与深切怀念。

如今的南丰祠，香火依旧旺盛，四季里南往北来的拜谒者络绎不绝。它就像一盏穿越时空的明灯，映照着人们的内心，映照着天下官员的德行，也照亮着一个官员被百姓"恒爱之"的道路。

一生的鹊华秋色

一

汽车开在一条不宽的街面上，右前方出现了一处古色古香的建筑，许多人在拥挤着进进出出。我问，师傅，那是哪儿？师傅说，赵孟頫故居。猛听到赵孟頫的名字，我有些惊讶，忙问，是那个书画家吗？是。师傅淡淡地回我。我加重语气再问，元朝的？师傅转过头来看了我一眼，眼神里明显有些异样，说，是，就是他。我急忙回过头去想再看上一眼，可汽车已经拐过了一个弯，那处古宅已消失在街面的尽头。

我很懊悔。懊悔我没有早一天知道这儿，懊悔我没能到那古宅里走一走，看一看。

……

这是 2020 年 7 月，我从安吉参加完一个全国作家笔会回来，路过湖州，在去高铁站的路上与司机师傅对话的一个片段。这个片段让我久久不能忘怀，即使是在回到济南五个月后的今天也不能，每每想起都让我懊悔不已。

此时，在这个寒冷的冬日里，在这种懊悔的情绪里，我久久地伫立在大明湖畔"超然楼"上的这幅《鹊华秋色图》（复制品。真迹现藏于台北故宫博物院）前。心底氤氲着的是一种秋色的空明之象，我的思绪如这大明湖的潮水涌动。或许，在经历了人生的种种境遇，先生内心向往的就是这幅水墨中的山泽林地吧！如果不是，那么为什么会在那无意间，画下这如此空明高远而又闲适散淡的一笔呢？

二

1295 年，在齐州（济南）任同知济南路总管府事的赵孟頫，终于辞官归养，回到了他阔别已久的家乡——吴兴（今湖州）。这是他在外宦游近八载后的第一次回乡，此时的他已过不惑之年，好在家乡的那些老友们都还在，于是择一个吉日，约了些好友小酌。席间，赵孟頫侃侃而谈。谈外地的风闻趣事，谈外地的风土人情，谈外地的湖光山色。当谈到齐州时，更是喜不自胜，大加赞赏。而友人周密，一位年长而又著名的文学家，却黯然神伤，表露出一副怅然若失的情形。原来，周密祖籍齐州，北宋靖康之变时，其曾祖随高宗南渡，现居吴兴已历四世。周密亦生于斯，长于斯，从未踏上过祖居之地。然而，身是齐州人士不忘，怀想祖籍心思不泯，闻家乡之胜不禁感慨良多，遂生此状。当赵孟頫了解到这些之后，为慰好友思乡之情，欣然命笔，一边解说着、一边提笔运气画下了这幅《鹊华秋色图》。

远处，无际的地平线上两山遥遥相对。一山敦厚圆顶；一山双峰尖耸。两山之上，含烟披翠；两山之间，水泽千里。近处，汀渚层叠，渔舟出没，茅屋掩映，古木散落。舍旁，三五小羊悠闲食草；湖畔，二三渔翁安然劳作。整幅画面呈现出一派悠远苍茫、恬淡安闲，而又疏散隐逸、古朴清幽的韵味。

这是一幅写实的山水秋色图。图中所画的是当时位于齐州东北郊区的鹊山、华不注山一带的自然风光。敦厚圆顶者是鹊山，双峰尖耸者是华不注山，那一派浩渺的水面是古老的济水流溢漫溢的鹊山湖。

其实不然。当你读一读中国的美术史，了解一下中国文人山水画的内涵就会知道：中国的文人山水画自其鼻祖、诗佛王维（唐）创立伊始就有了它有别于西方油画的特殊含义。它不再是对自然山水的单纯描绘与写实，而是与诗、与文一样是作者内心世界的反映，是抒发个人情感的载体。这幅《鹊华秋色图》就是赵孟頫思想情感的反映。它是赵孟頫心中的另一个世界。他向往着它，一生都是。且，生命越是坎坷，向往越是强烈、深沉。

三

1253 年，赵孟頫出生了，就生在湖州的这所古宅里。他生在的是一个帝胄之家，是宋太祖赵匡胤的第十一世孙，秦王赵德芳的嫡派子孙。他出生的时候，靖康之变已经过去了一百多年，宋家君臣也早已把家国仇恨抛到了九霄云外，在临安（杭州）这个"暖风熏得游人醉"的温柔之乡建起了南宋朝廷。他的父亲就在这一朝廷里做户部侍郎兼知临安府浙西安抚使。

童年的赵孟頫五岁便入私塾开蒙。史书上说："幼聪敏，读书过目辄成诵，为文操笔立就（《元史·赵孟頫传》)。" 12 岁那年，其父病逝，家道开始衰落。而其母丘氏，因是偏房，在家族中地位偏低，常受歧视，故此，母子二人的日常生活也开始日趋拮据起来。其母常常教诲曰："汝幼孤，不能自强于学问，终无以觊成人，吾世则亦已矣（《元史·赵孟頫传》)。"在这样的境况与教诲下，少年赵孟頫更加勤奋，对家中所藏经史子集反复研读，终于学业大进。史书上记载："年十四，用父荫补官，试中吏部铨法，官拜真州司户参军（《元史·赵孟頫传》)。"

本来，这样的出身和学问，等待着赵孟頫的该是一片光明前程吧，然而，命运弄人。1276年，南宋河山在蒙元大军的铁蹄下破碎，年幼的宋恭帝降元，一夜之间，这位昔日的皇亲国戚，年仅23岁的青年才俊，一下子沦为了亡国奴。这让这位正踌躇满志的赵孟頫痛苦万分。为了不因皇室宗亲的身份而被杀头，赵孟頫带着母亲逃到乡下隐居起来。

浙江的德清东衡山是块山清水秀的好地方，赵孟頫在这里蛰伏了大约十年。应该说，这十年对于赵孟頫来说是个极其煎熬的十年。十年里，他有过对失去家国的悲痛，有过对南宋朝廷腐败无能的愤懑，有过对蒙古大兵烧杀劫掠的愤怒，有过收回祖宗江山的热切期盼，也有过食不果腹的艰难时日，更有过对母亲和自己生命安危的惶惶焦恐。然而，当一切都化作了云烟，留下的也只能是那颗悲愤而又无奈的心。于是，更加地潜心研究学问，成为了他这个时期，唯一可以用来排遣心中郁闷，以求心绪安宁所能够做的事情。据史书记载，十年间，赵孟頫向当地名儒敖继、钱选等人学习，浸淫诗书画印无一日间断，终列"吴兴八俊"之首而闻名遐迩。"……四方万里，重购以求其文，车马所至，填门倾郭得片纸只字，人人心惬意满而去（《元史·赵孟頫传》)。"

同时，随着声名的远播，赵孟頫的命运也开始出现了转机。第一次转机是时任江南浙西道提刑按察司事夹谷之奇先生，因仰慕其才学而举荐他担任翰林国史院编修官。第二次转机是在1282年，元世祖为了笼络汉族士人，稳定国势，巩固统治，令行台侍御史程钜夫"搜访遗逸于江南"选中了他。第三次转机是四年以后，也就是1286年，在同样的背景下，程钜夫再次奉命下江南搜访遗逸，又再次选中了他。前两次转机都被赵孟頫婉拒了。他曾对程钜夫说："尧舜在上，下有巢由，今孟頫贯已为微箕，愿容某为巢由也（巢、由均为尧舜时期的隐士）。"而第三次转机，赵孟頫没有再拒绝，最终于次年入大都，做了元朝的官（周密、钱选等人未仕元）。

<h2 style="text-align:center">四</h2>

纵观赵孟頫仕元的整个过程，应该这样说，不管是故作一种姿态也好、还是表达一种真实的意愿也罢，至少在表面上看，他的初心还是不太情愿的，而之所以最终仕元，这里有一个思想转变的过程。

1286年，南宋已经灭亡了近十年，元朝的统治也已基本稳固，社会秩序和老百姓的生活也基本上得到了恢复与安定。特别是经过了1279年的那场崖山海战，忠勇之士陆秀夫背负幼帝向那波涛汹涌的大海悲壮地一跳，彻底宣告了南宋君臣复国希望的破灭，赵孟頫和那些南宋遗臣们一样，其内心深处也悄然地发生了变化。他们清醒地意识到复国已无一丝一毫的希望，接下来该是考虑自身去处的时候了，确切地讲就是该考虑是仕元、还是做隐士的时候了。

不得不说，这是一个很残酷的问题。我在读这段历史的时候，也很纠结，很煎熬，替他。

中国封建时代的士大夫，大都固守着这样的一种观念：一朝天子一朝臣，君就是国，国就是君，爱国就是爱君，爱国就是爱朝廷，对入二朝者视为不忠不孝之人。故而在每次朝代更迭之际，在入仕与出世的选择上都很艰难。而这种艰难对于赵孟頫来说就更甚。因为，他是皇家子弟，蒙元夺得的是他祖宗的江山，他失去的是他作为皇室宗亲的特权和荣耀，且不说他如果仕元会被天下人咒骂，就是他自己，在心里，也过不去这个坎。然而，这个坎是必须要过的。

我曾一遍又一遍地遥想过那730多年前德清东衡山上的无数个夜晚：

明月高悬，四野寂静，赵孟頫心绪难宁，无意入眠，来回地在山林间徘徊，在山石上仰天静坐。他一定问过浩渺的星空，问过明月，问过脚下的东衡山，问过儒、道两家，何为忠臣？何为爱国？何为隐士？他该何去何从？他一定问过陶渊明，甚至问过时代更远的战国时期的齐国隐士陈仲子。他们的这种归隐方式合适吗？他们以生命为代价，归隐田园，归隐山林，自甘受苦，难道这就是道家崇尚的回归自然吗？在这种归隐里他们的内心难道就真的宁静吗？他一定也问过竹林七贤的嵇康，那么高调地不与朝廷合作，是隐吗？是明智的吗？

他一定想过南宋这150多年的动荡历史，想过与金、蒙的诸多战事，想过岳飞、韩世忠、孟珙这些"气吞万里如虎"的民族英雄。他也一定想过在蒙元大军攻破江西饶州城时，率领全家上下180余口投止水池而壮烈殉国的当朝老臣江万里。想过浩然正气的文天祥、英勇悲壮的陆秀夫。想过他们的气壮山河。想起他们，他也一定会很激动，血脉偾张。可再一想，朝廷已经灭亡了十年，即使他也能像他们那样宁死不从，甚至壮烈地死去，难道朝廷就能回来吗？想到朝廷，他一定会想起穷奢极欲，腐朽堕落这几个词，想起奸佞误国的秦桧、贾似道，想起那一群群唯唯诺诺趋炎附势不思进取只图偏安一隅的大小官员。每当此时他一定会义愤填膺地不能克制自己，挥起拳头朝身边的老树砸去。

他一定也想到过他的平生所学，他的"齐家，治国，平天下"的志向，想到过他那备受家族歧视而又饱受战争颠沛之苦的母亲，想到过他的隐居将会给母亲晚年的生活带来的种种凄苦。他不愿让母亲再遭受这样的苦难。他不愿就这样埋没市井，终老山林，无声无息地死去。

最后他一定是想到了"民惟邦本，本固邦宁（《尚书·五子之歌》）"；"民为贵，社稷次之，君为轻。是故得乎丘民而为天子，得乎天子为诸侯，得乎诸侯为大夫。诸侯危社稷，则变置。牺牲既成，粢盛既洁，祭祀以时，然而旱干水溢，则变置社稷（《孟子·尽心章句下》）。"

他一定是一遍又一遍地默诵着这些圣人名言，并从这里找到了答案：既然国之根本为民，而非国君，国君不利国家可以换掉，那么，我一个读书人为什么不能"良禽择木而栖"呢？最后，他自以为找到了在这朝代更迭之际安身立命的理论基石。他决定仕元，不做腐朽朝廷的殉葬品。于是，他抖了抖身上的尘埃，直了直腰板，抬起了头，把祖宗江山埋葬在心底、埋葬在德清东衡山、埋葬在那个730多年前的夜晚上路了。

这是1287年的事。

五

然而，今天，当我在他灵魂的深处探究，循着他灵魂的脉络，触摸着他灵魂的脉动一路走来的时候，一个身影却总在我的意识里浮现——他赤着脚，穿着一件破烂的僧服，疯疯癫癫地朝我走来。这个人就是八大山人。

八大山人，原名朱耷，江西南昌人，中国画一代宗师。他与赵孟頫一样也是皇家子孙，他是明朝朱元璋的第十世孙。他也和赵孟頫一样经历了祖宗江山破碎的时代。可在国破家亡之际，八大山人是如何表现的呢？

明朝灭亡时（1644年），朱耷已经19岁，此时的他也和当年的赵孟頫一样，学富五车名满天下，是一位朝廷命官。然而，朱耷却不肯仕清，带着母亲躲进了深山。先做和尚，后做道士，即使穷困潦倒，沿街乞讨，饱受世人嘲讽也矢志不改。据史书记载：康熙十七年，也就是1678年，此时的清朝已经统治了30多年，社会已经相当稳定，时任临川县令的胡亦堂为笼络朱耷，使其效命清廷，曾把他请至家中好生款待。凡年余，朱耷装疯卖傻竟不吐一言，最后假装疯癫，撕毁僧服，赤着脚徒步返回了南昌，充分显示了一个皇家子孙孤傲的血性和坚贞不屈的骨气。他留给世人的形象永远如他笔下的飞禽鱼虫一样，翻着白眼，孤傲地、远远地站在那里看着这个叫"大清"的世界。

六

两人相比，赵孟頫如何？其作为皇家子孙的气节确实亏损不少。仕元，是他这一生中最大的污点。

关于这一点，历来多有争议，而且还曾影响到对他才学艺术（诗书画印）的价值判断。先时，诟病者多；而今，开脱者多。诟病者认为，赵孟頫仕元是变节投敌行为，其才学不值得推崇。而开脱者则认为，赵孟頫曾有两次拒绝仕元的经历，十年后的仕元是顺势而为，不应视为变节投敌行为，其才学成就更是光照千秋，值得推崇。

何以有这两种截然不同的观点呢？

究其原因，无非是前者重气节而轻才学，而后者则重才学而轻气节。在我看来，评价一个人，不应该把气节和才学混为一谈。气节是精神品质，才学是能力学识，两者不能互为代表和掩盖。所以，世人对他人格气节上的指责和对他才学艺术的赞赏都是理性的。而我想说的是，即使是在后来，他的才学对我国后世有再大的影响也无法遮盖他这一人格气节上的缺陷。世人对他气节上的指责更是一种高尚人格意义上的高度觉醒，是对人格中的那种坚贞不屈精神的一种认同、坚持与激励。这种指责不仅不能随着时间的久远而淡化与消弭，反而更应该肯定与光大。让后世子孙永远记住这是一种耻辱，从而认同荣辱感，增强人格气节，树立正确的人生观和价值观。

七

初入京城的赵孟頫，因其学问和南宋皇室宗亲的身份，得到了元世祖忽必烈的赏识。史书记载：元世祖"一见称之，以为神仙中人，使坐于右丞叶公李之上（《元史列传·赵孟頫》）。"然而，赵孟頫得授的官职却并不大，兵部郎中，一个从五品的小官。即使是在后来，赵孟頫屡次建功，如起草诏书甚得朕心、议政朝廷腐败、大都地震等每有良策、弼佐元世祖除掉奸臣桑格等亦未得到重用，所授官职也不过是四品。究其原因，一者，元朝推行的是一种种族歧视制度：人分四等，蒙古人、色目人、汉人、南人。南人处于社会的最底层，是最没有社会地位的阶层，而赵孟頫就属于这个阶层。因此，蒙古贵族对他有着极强的歧视性和排挤性。二者，授赵孟頫官职，只不过是元朝统治者，为了稳固自己的统治，利用他的皇室宗亲身份以笼络天下士人之心，宣扬元朝统治是顺应天意而采取的一种手段罢了。所以，赵孟頫之不受重用就不足为怪了。

这应该是赵孟頫遭受的第一次打击。他清楚地意识到他不过是这个朝廷的一个工具，用时被拿来用一用，不用时就被扔到一边，就像一块家庭主妇手中的抹布罢了。我想，此时，他的内心应该是很凄凉的，可以说是心灰意冷。

中国古时的读书人因受儒、道两家思想的熏陶大都有这样的一种性格特点：得意时，入世为儒；失意时，出世为道，总能在心灵上找到平衡的坐标。所以，此时的赵孟頫便萌生了隐的想法。这种想法可以从他这个时期所创作的诗中体现出来。如他在《赠相士》（《松雪斋集》）一诗中这样写道：

江南春暖水生烟，何日投闲苕水边。
买经相牛亦不恶，还与老农治废田。

此时，他想到了江南，想到了家乡，想到了春暖花开的季节。他幻想着能在家乡的土地上，做个老农，在蓝天白云下，在蒙蒙的细雨中，自由自在地牵牛耕地……

当然，这种想法的产生还不仅仅是没被重用这件事，关键的是他在京都五年，还深深地感受到了蒙古贵族对他的刁难、排挤和猜忌时时存在，想做个治世良臣的理想不仅难以实现，而且"久在上侧，必为人所忌（《元史列传·赵孟頫》）"稍有不慎便有坠落深渊的危险。所以，那一年，为求自保，他"力请补外"逃离了朝廷，来到了齐州，也就是现在的济南，任同知济南路总管府事一职。这是1292年的事情，赵孟頫39岁。

济南是个好地方。这里景色优美，泉水众多，大明湖碧波荡漾，趵突泉平地涌雪，千佛山锦绣如屏，齐烟九点烟雨朦胧，特别是当地的民风淳朴，百姓善良，这些都让赵孟頫有了一种逃出樊笼的快感，他一下子便爱上了这块土地，唤醒了他那不曾泯灭的"治国平天下"的理想。

据史书记载，赵孟頫在济南待了大约两年的时间。在此期间，他重民生、简政务、慎刑律、兴教育，很快便使社会面貌焕然一新。特别是教育，他划拨田产以资学，奖励勤奋学子，提携青年才俊，树立读书风尚，使"三十年后该地俊杰之士，号为天下之冠。（《元史列传·赵孟頫》）"这是赵孟頫对当时的齐州乃至后世的一大贡献，也是他一生官宦生涯中最为华彩的一页。

这个时期的赵孟頫，心情是舒畅的，文人特有的情怀促使他在政务之余，开始频频地游历济南的山水名胜，饱览湖光山色，赏识民俗民风，挥毫泼墨吟诗作画。这期间，他写了大量的诗词歌赋来歌咏济南，为他以后的隐逸情态做了一次实实在在的预演。

泺水发源天下无，平地涌出白玉壶。

谷虚久恐元气泄，岁旱不愁东海枯。

云雾润蒸华不注，波涛声震大明湖。

时来泉上濯尘土，冰雪满怀清兴孤。

这是这个时期赵孟頫写的《趵突泉》一诗。其中的第三联"云雾润蒸华不注，波涛声震大明湖"写尽了趵突泉三泉喷涌的磅礴气象，至今仍作为木刻楹联悬挂在济南趵突泉北岸"泺源堂"的抱厦楹柱上，向来来往往的世人诉说着他对济南的一片深情，也诉说着他作为一个文人对自然山水的羡慕与向往之情。

天有不测风云。旦夕祸福，你躲也躲不了。就在赵孟頫在济南很惬意的时候，一个叫韦哈剌哈孙的蒙古贵族的出现让他又遭受到了一次不小的惊吓，让他从这种惬意中猛醒过来：仕途险恶，朝廷非他南人久居之地。

据史料记载，韦哈剌哈孙担任金廉访司事，就是一种巡视地方官员廉政与否的官。当时，此人在巡视济南时，赵孟頫未对他极力奉承，换言之，就是没有给他好处，这家伙便怀恨在心，上书造谣诬陷，奏请朝廷对赵孟頫进行查处。这一下，令赵孟頫很是不安，在那个南人受猜忌、受排挤的朝廷里，陷入了一种"有口难辩"的惶恐，唯恐哪一天大祸就会降临。好在此时恰遇元世祖逝世，元成祖欲修《世祖实录》，急召赵孟頫返回了大都（北京），无意中化解了这场麻烦，否则，后果堪忧。

待修撰事毕，赵孟頫便以病为由，带着劫后余生的惶恐，急急地请辞归养，返回了老家吴兴。就是这一次回乡，赵孟頫为好友周密画下了这幅《鹊华秋色图》，完成了他从儒家思想到道家思想的转变，表达了他厌倦官场，向往自然、向往自由、向往宁静，意欲归隐的愿望。

八

如果说赵孟頫在仕元前隐居德清东衡山是因政局所迫而不得不隐的

话，那么这幅《鹊华秋色图》则是他在经过宦海生涯，历经官场尔虞我诈后的一次最真实的内心吐露，是他后续生命的追求。在此后的岁月里，他不再在乎朝廷的任用，也不再留恋京都的繁华，而是自觉地长期远离朝廷，远离政治中心，有超过一半的时间都是在老家湖州及杭州一带度过的。

1299 年，赵孟頫担任了行江浙各处儒学提督一职。这个职务是一种文化官员，相当于现在的省文化厅厅长的职位。这正契合了赵孟頫内心的愿望。由此，他久居江南，不再关心朝廷中事，与朝廷若即若离。他以朝廷官员的身份，行走在江南的青山绿水之间，广交社会名士，博览书画珍藏，研习诗书画印，从形式上与喧嚣的官场做了一个隔离，在心灵上寻得了一处净土，在精神上寻得了一份宁静，可以这样说，诗书画印就是他精神归隐的田园，是他心中的那处鹊华秋色。这个时期的赵孟頫就像画中的渔翁一样安然地织网捕鱼，像羊儿一样安闲地吃草嬉戏，像古木一样蓬勃着自由散落。他大隐于朝，用一种有别于陶翁的方式诠释了道家崇尚的回归自然的生命真谛——在精神而不在形式。正是有了这份精神的超然、生活的闲适，他的归隐才较之古人以及他那个时代的众多隐者有了更大的实际意义，他才能在诗书画印艺术的鉴赏和创作上取得突飞猛进的发展，成就他照耀古今的赫赫声名，在我中华文明连绵不断的崇山峻岭中耸立起一座峻峭秀丽的山峰……

九

1319 年 5 月，赵孟頫的夫人管道升病逝了。三年后，赵孟頫在家乡吴兴的老屋中手捧书卷也安然辞世，享年 69 岁。其子赵雍将他与夫人管道升合葬在德清东衡山。

35 年前，赵孟頫从这里，埋葬了祖宗的王朝，出发，入仕。35 年后，他转了一圈又回到了这里，隐居，永远地隐居。

一代宗师走了。宗师的生命体是走了，可他的生命情态却没有走。他除了把他的诗书画印之艺术、之理论留下来之外，还把一种"大隐于朝"的生命情态留了下来；把鹊华秋色，一种超然物外的精神情态留了下来。他把道家归隐的真谛做了精确的诠释，在后世的几百年里影响着每一个尘世中的人，让人们在冉冉升起的晨阳与徐徐落下的晚霞中细细地品味生命的多样色彩，同时，也在繁杂的世事中思考着自己的生命情态。

曲水书巢·路大荒先生故居

当您在一个假日的午后，踏着墨玉般油润光滑的青石路，沿着清凌凌的曲水河，在婆娑的绿柳下，漫步在济南最具历史文化特色的古街古巷"曲水亭"街上的时候，是否注意过那处静立于曲水河东岸，门牌为8的青砖灰瓦的老宅？

这里是路大荒先生的故居。

路大荒先生原名路鸿藻（曾用名路爱范），字笠生，号大荒，别号大荒山人、大荒堂主人。淄博淄川人。生于1895年，卒于1972年，享年78岁。

路大荒先生是杰出的聊斋学研究先驱，是版本目录学专家，是古籍、书画、古玩鉴定专家和书画家，是原山东省图书馆副馆长。其一生致力于蒲松龄文集的搜集、整理、研究、编辑工作，虽历经坎坷，然矢志不渝，终成一代文化大家，在人类文化史上写下了浓墨重彩的一笔。时人称其为中华蒲松龄研究第一人。著名学者梁漱溟先生更是在为其所撰的墓志铭中这样赞道："盛德丕显，有功不矜。高风亮节，报效国恩。得时则驾，日月胸襟。半生贫贱，一代闻人。留仙知己，永垂竹帛。"

1895年，路大荒先生出生在淄博市淄川县菜园村（距蒲松龄家乡蒲家庄约六里），七岁开始入私塾读书，先拜蒲松龄的第六代后裔蒲国政先生为师，后拜当地名儒王东升先生为师。两位先生均学识渊博，对家乡名人蒲松龄先生有着很深的感情与研究。先生求学数载，不仅学习儒学经典，也对蒲松龄本人及其诗文产生了浓厚的兴趣，渐渐地便开始有意识地关注并搜集散落在家乡的各类蒲松龄诗文手稿等资料，且在数十年间，虽经战乱也矢志不渝。43岁（1936年）时，已搜集、整理、编辑各类手稿、文集达60余万字，并在山东省国立图书馆馆长王献唐先生和上海世界出版局赵苕狂先生的帮助下出版了《聊斋全集》。这是一部划时代的巨著。一时间，举世皆惊，声名鹊起，从而奠定了先生中华蒲松龄研究第一人的地位。

先生来济南的那一年是1938年。早在前一年，日本人侵吞了山东半岛，攻陷了先生的家乡。日本人在得知先生是蒲学大家，藏有大量的蒲松龄手稿后便欲占为己有。日本人先是许以利禄遭先生拒绝，后便欲强行夺取。先生得知消息后便将大量珍贵资料先行转移。一部分密藏于学生的岳父田明广老人家中的夹墙内——这是一位侠肝义胆深明大义的老人，为了保护这些资料惨遭日本人杀害（先生自述）——一部分用一只蓝色布袋包裹，先生背着躲进了山里。日本人四处张贴布告悬赏捉拿，终未得逞，于是，恼羞成怒的日本人一把火烧了先生的家。自此，先生离开家乡，经周村去北京，又从北京来到了济南。

刚到济南的先生得其表弟帮助，隐居在大明湖南岸秋柳园25号（2006年5月被拆毁），易名路爱范，以做家教、在街头写字卖画为生。新中国成立后，1951年，先生的大女儿、女婿买下了这所"曲水亭街8号"的院子，先生始搬来居住。此时，先生就任山东省图书馆副馆长一职。此后，在20多年里，先生和女儿一家一直住在这里，直到去世。

曲水亭街8号是一处坐落在曲水河东岸的院落，与岸边其他错落的民居一样，青砖灰瓦，门庭清静。据资料介绍：进门分南北两院。南院是先生故居，为一四合小院。小院不大，北屋三间，东、南各有两间。院中植石榴树一棵。树木粗大茂盛，蔓过屋顶遮盖了院子。当时，先生住北屋。先生的好友，著名画家黄宾虹先生曾来此做客，见先生房内四壁皆书，蔚为大观，遂欣然命笔写下了"曲水书巢"四个大字以为命名。

据先生的后人介绍，1945年，日本人投降后，先生将隐藏在田明广家中的蒲松龄手稿等资料悉数取回，加之在济南这数年间也搜集了不少，由此，便开始了整理研究工作。先生常常是晚8点休息，夜里12点起床，挑灯工作，通宵达旦，四时不断。经过十数载的辛勤劳作，终于，在时任文化部副部长周扬、山东文化厅厅长王统照、山东省图书馆馆长王献唐等诸多友人的支持下，又于1962年出版了那部举世皆惊的123万多字的《蒲松龄全集》。

如果说，先生在研究"蒲学"方面取得过两次举世震惊的辉煌的话，那么，第一次，无疑是在先生的家乡取得的，第二次，则是在济南取得的，是在济南曲水亭街上的这所小院里取得的，而且第二次较之第一次更为辉煌，也更令世界震惊。因为，《蒲松龄全集》比《聊斋文集》足足多出了60多万字，无论是在体量、还是在内容上都是最多最全的，也再一次将"蒲学"研究推向了一个新的高峰。

……

斯人已逝，风范长存。如今的曲水亭街8号，已不复旧日的模样。那个曾经清幽、静谧、飘着书香墨香、开满火红石榴花的小院，如今塞满了生活的凌乱、噪杂与喧嚣。可曲水河还在，河岸的垂柳还在，曲水亭街上那墨玉般油润光滑的青石路还在。这些都是见证，见证过先生矢志不渝扎实严谨的大家风范。每当我从这里走过，恍惚间就能看到手提黑色公文包，身穿蓝色中山装的先生，拥着那位穿长衫、留长辫、讲狐讲妖的瘦老头，匆匆地绕过百花洲，走进小院，把一个巨大的背影留在这古色古香的曲水亭街上……

向英雄的六舅致敬

济南战役胜利 70 周年。92 岁高龄的六舅，作为参战老兵，应济南市委宣传部、民政局的邀请，于重阳节这天来到了济南，参观了位于英雄山的济南战役纪念馆。我和表哥有幸陪六舅参加了这次活动，接受了一次很好的爱国主义思想教育，在六舅言语哽咽的讲述中，被六舅和他的战友们的英雄事迹、不怕牺牲的革命精神所深深打动。

济南战役于 1948 年 9 月 16 日打响。我中国人民解放军华东野战军在司令员许世友、政委谭震林、副司令员王建安的指挥下，从东、西两个方向向济南国民党守军发起了总攻。战时 8 昼夜，全歼守军 10 万余人，俘获国民党第二绥靖区司令官王耀武等，解放济南。战役十分惨烈。这次战役意义重大，开创了我军夺取敌坚固设防和 10 万重兵据守的大城市的先例。从此，揭开了中国人民解放战争战略决战的序幕。

活动是在下午 1 点 30 分开始的。六舅在有关领导的陪同下，由两位身着"红色志愿者"马甲的年轻工作人员一路搀扶着走进了纪念馆。一进纪念馆，六舅便激动起来，被纪念馆里所陈设的各种各样的战场遗物、满墙的历史图片资料和那一段段复原的宏大的战争场景所震撼，不由得落下泪来，一边看一边说："就是这个样子呀，就是这个样子呀，一点也不假呀！"在一组解放军战士攻城的照片前，六舅更是老泪纵横，泣不成声，手指照片半天说不出话来。在我们的劝慰下，停了好长时间才哽咽着说："你们不知道呀，当时好惨啊。护城河里全是尸体呀，一层摞着一层，全是年轻的战士呀，十七八、二十来岁呀！好惨啊！"

……

下午三四点钟，参观完纪念馆，在会议室里，六舅为我们讲述了他参加战斗的经历——

六舅，原是我华东野战军13纵39师第115团迫击炮连的一名战士。当时，部队的炮很少，一个班才配备一门迫击炮。由于六舅年轻力壮，个子又高，所以负责扛炮筒子。就当时来讲，这个岗位是很累的，也是很危险的。在战时，其他战友都可以根据情况卧倒，但六舅不能，他需要护着炮身，身不离炮，所以目标大，死伤的概率也大。但是，六舅从来也没有害怕过，每次战斗都把生死置之度外，尽职尽责，抱定"人在，炮在"的信念。用六舅的话来说："怕啥？死了光荣。"

济南战役前，六舅所在的部队驻扎在西部，任务是攻占商埠区，然后向济南城西门推进，从济南城西门进攻济南内城。是役，依旧是步兵攻击前先是炮战，双方万炮齐发，山摇地动，双方阵地瞬间变成了一片火海。

听六舅讲，当时部队是刚刚打完了兖州，缴获了不少物资，炮弹很充足。"那家伙打起仗来，还用说吗，说啥！没地可说呀，打就是了。"六舅和他的战友们铆足了劲地填弹开炮，打的是昏天黑地日月无光。"那叫一个过瘾呀。"六舅说。"当我们的队伍攻克商埠区推进到了济南城西门时，一看，唉呀好惨啊！护城河里全是人啊，一层一层的，都把那护城河填满了。都是年轻的战士啊！全都牺牲了。那个惨啊！我们那些攻城的战士，真是不怕死呀，迎着敌人的子弹一排一排地往上冲。敌人的机枪"哗哗哗"地打下来，战士们一排一排地倒下去，又一排一排地冲上来……"看到这种情况，六舅和他的战友们也顾不上掩体了，就直接蹲在地当央，架上炮就开始打起来。瞬间，一发发炮弹在城墙上、城头上爆炸，炸得敌人和碎石一起乱飞。"敌人也不是吃素地，刚贼了，你这边炮一响，没打几下，人家立马就知道了你的位置，紧接着就把炮弹打过来了。"六舅说。敌人的一发炮弹准确地落在了六舅和他的战友们的身旁。六舅负伤了，头部和胸部被炸伤，当时就昏死过去。至今还留有两处伤疤。后来得知，六舅的几个战友都牺牲了。

当六舅醒来的时候已经是在担架上了。六舅说："是山东的两个老乡救了我呀。他们抬着担架，冒着敌机的轰炸，向后方撤。敌人的子弹不断地在他们头上"嗖嗖嗖"地乱飞，炮弹也不断地落在他们身边，可是，这两个老乡一点也不害怕，摔倒了爬起来抬起我再跑，就这样跑了两天一夜，一路上给我喂水喂饭，才把我送到了后方医院。是这两个老乡救了我呀，要不是他们我早死在那里了。不能忘啊，什么时候也不能忘呀，是老乡救了我呀，要不怎么说，军民鱼水情呢，一点也不假呀。"

当时的部队医院在章丘的一个庙里，六舅在这里养了一个多月的伤。伤愈后，不能再随部队南下了，便经部队和地方组织安排复原回到了老家邹平县古城村。

……

92岁的六舅，身体很好，豁达开朗，勤俭持家，宽人律己，从不计较个人得失，即使是在那几年受到了一些不公正的待遇，也从不抱怨，说："俺们这些人，现在已经很好了，想想那些牺牲的战友，我们这些活着的还有什么不知足的呢？已经很知足、很幸福了。好好珍惜吧，来之不易呀！"

表哥传来消息说，六舅从济南回去后，一夜未眠，说起往事数度落泪。他感谢组织没有忘记他这个老兵，同时也唤起了他那心中从未泯灭的愿望——成为一名共产党员，再一次向党组织递交了入党申请书。

听到这个消息，我感到很震惊。是一种什么样的缘由，让一位 92 岁的、"曾经沧海"的老人在耄耋之年能做出如此的举动呢？我想，只有一种解释，那就是信仰、忠贞、"老骥伏枥，志在千里。"

人，是要有一点精神的，就像山，需要岩石的支撑，否则，风吹雨打，山体就会滑坡坍塌。人，有了精神，就有了力量。

我为有这样的六舅感到骄傲和自豪。祝愿六舅快乐、健康、梦想成真。

山湖之恋

传说，在很久很久以前，也就是天地肇始，鸿蒙未化之时，我们济南是一片混沌之气笼罩下的荒岛。岛的四周是茫茫无际的大海。整日里，浩浩的潮水，一波又一波地冲上来，又一波又一波地退下去。岛上了无声息，寸草不生。也不知过了多少年，混沌之气散开，阴阳之气分离，鸿蒙开化，风和日丽，这里已是四季分明了。那肆虐的海水，早退去了十几里，浩浩汤汤地把这里荡漾成了一个晴朗的世界。于是，天南地北的各类飞禽开始来这里筑巢、各类走兽也开始在此栖息，渐渐地也有了人烟。

岛上有一户人家，不知何姓，只有夫妻二人，住在一处山坡上，背靠着一座千仞大山，面朝着一条十丈河流。男的状如山石，女的俏如山花。二人男耕女织，琴瑟和鸣，看上去小日子过的很是不错。可是，每到暮色四合之时，便心生惆怅。

原来，这对夫妻年届中年，一切皆好，就是膝下无子。为此，没少拌嘴。想象一下，其实也和我们现在的人一样，无非是夫怨妻颗粒不收，妻笑夫劳而无功。

一日，天色将晚，这对夫妻劳累了一天准备休息。突然，就在西天之上一道霞光，越过万里层云，千山暮雪，直向他们射来。霎时间，滚滚云霞将他们二人，连同这小屋、山川、河流、旷野全都罩了起来。但见云霞翻腾，万里红光，将个暮色中的天地映照得五彩缤纷，灿烂辉煌。不一会儿，那彩光敛去，天地复原，风不动，树不摇，万籁俱寂，只是那空气里多了一丝淡淡的清香。

不久，三月三，妻子生下了一个女孩。

这对夫妻自是欢喜得不行，见女儿一双大眼扑闪闪，明晃晃，清澈透亮，像蓝天，更像湖泊，于是给女儿取名"明湖"。

说来也怪，自从有了这个女孩，岛上便长出了一种树。而且，这种树跟着女孩一起生，一起长，无论女孩走到哪里，哪里就开始生，就开始长。这种树还开花，每到女孩的生日，也就是三月三，便一夜盛开。那花，开得满树，花蕊硕大，花瓣粉红，香飘万里，馨香迷人。

人们都不知道这是一种什么树。女孩告诉大家，这是一种果树，结的果叫桃，能吃，开的花叫桃花。由是，人们说这女孩是桃花仙女，称这座岛叫桃花岛。

渐渐地，随着女孩的长大，桃树也生得遍地全是。岛上的人们也有了一个习俗：人们认为桃花是吉祥的花，每到花开时节，便纷纷走出家门，赤脚散发，袒胸露背，到桃林，到旷野，踏青赏花，载歌载舞，庆祝春天的到来，庆祝桃花盛开，祈求苍天风调雨顺，五谷丰登。

转眼，女孩16岁了，早已生的是花容月貌一般……

这一天，三月三，是女孩的生日，岛上的挑花也照例地开了，人们也照例地按照习俗举行庆祝活动。说来也怪，人们发现，这一天的桃花开的是格外地鲜艳，桃花的香气是格外地绵长，天上飘荡的风也是格外地轻柔，就连那个日头也是格外地明亮。

女孩站在欢乐的人群里，似乎感觉到了什么。她张开手臂，仰望天空，旋转起来。突然，她看到了一道光，一道常人看不见，混在长风里的光。那光，像是白色的，可又透出一种红色，淡淡的红色，时隐时现，随着长风在天空盘旋。

女孩停下来，不再旋转，一种无形的引力，牵引着她朝光走去。

近了，一个少年，呀，这么英俊的少年，从长风里走了出来，通身闪着光，落在了旷野上，落到了女孩的身边。向女孩伸出了手。

女孩的心荡漾了，女孩的血脉偾张了，女孩的脸潮红了。女孩羞涩地向男孩也伸出了手。

欢庆的人们惊呆了，瞬间安静下来。人们不知道这是从哪里走来的少年，神采奕奕，光彩照人。

男孩和女孩的手握在了一起。

突然，就在他们的手握在一起的瞬间，两道清光腾空而起，在空中缠绵，糅合成了一道耀眼的红光，照亮了天空。霎时间，万千桃树摇动，万千花瓣飘落，万千落红铺满了桃林、旷野。

人们开始欢呼，开始雀跃，开始祝贺这天生地造的一对……

在接下来的日子里，这对彼此爱慕的少年在旷野上疯跑，在大海边嬉戏，在山巅高呼，在祝福的目光里放声歌唱，在夕阳的余晖里、在山泉侧畔、在花前月下窃窃私语。

一晃一年快要过去了。这一天，男孩给女孩说，我要回家了，回家给父母说，来下聘礼，在三月三，你的生日，桃花盛开的时节，我来娶你。女孩含着羞，流着泪，在门前的山坡上与男孩依依惜别。

可是，自从男孩走了以后便再也没了音讯。那男孩就像一颗流星、一只飞雁、一阵风，嗖地一下，划过、飞过、刮过便再也没了音讯。

许多个三月三过去了，男孩依旧杳无音讯。人们开始劝女孩，劝女孩忘了那男孩。可女孩不能，女孩不信那男孩是个薄情寡义的人。痴情的她天天站在家门前的山坡上向男孩远去的方向眺望。望断秋水，年复一年。那思念的泪水流成了溪，流成了河。那思念的泪水，长啊，流到了十丈大河，流到了浩浩东海……

原来那男孩不是凡间人物，而是东海中的一座仙山，叫历山，经过了亿万年的修行早已修成了正果，能腾云驾雾，上天入地，幻化人形。那日，逍遥自在的他正与几位好友在三山五岳间巡行，忽见得西方霞光道道，香气阵阵，不由得心生疑惑——这也是天数——遂舍了众人，驾一片祥云来到了岛上，没想到，得见如此美貌女孩，竟爱上了，动了凡心流连岛上终日不归。其父听说后，很是震怒，便请东风传书，令其速归，这才有了男孩辞归一节。

男孩兴冲冲地回到家中向父母诉说了实情，本以为父母定会欢喜，遂了自己的心愿。可万万没有想到，父亲坚决不同意，说那女孩是五百年前孙悟空大闹天宫蟠桃会时，因其行为不当言语有失而被玉帝罚下界的桃花仙女，现已投了凡胎，永世不能再回天庭了，吾儿断不能与其结百年之好，否则，自毁前程。纯情的男孩不管什么天庭不天庭，也不管什么前程不前程，他爱她，便是一切，遂苦苦相求。其父就是不肯，无奈，父子闹翻。父亲一怒之下便将男孩用一条铁链锁了筋骨关在了东海水牢之中，并狠狠地说，如不悔过永世不可放出。故此，男孩这才没了音讯。

有言是：仙界一日，世上一年。

这一日，是男孩被锁的第十日。男孩在牢房里忽然发现那海水有了一点异样，在翻涌的混浊里似有一股清清的水流闪着亮晶晶的水纹在朝他游动。当他细看时，他看到了女孩的那双眼睛，清澈明亮，泪眼婆娑，哀怨悠悠。男孩的心痛了，锥扎似的痛了。他的心急速地跳跃起来，那是一种要冲破胸腔喷涌而出的跳跃。他的血沸腾起来，那是一种要挣破枷锁翻江倒海的沸腾。他的精神高昂起来，那是一种要奔向战场壮士出征的高昂。就见他凝聚起全身的力气大吼一声，"开——"一下挣断了锁链。霎时间，山呼海啸，天崩地裂……

男孩冲出牢房，驾起祥云，直上九万里云霄，向西飞去，向桃花岛飞去，向心爱的人飞去。

此时，正是三月三的傍晚，女孩无心桃林里、旷野上欢快的歌舞，正独自坐在门前的山坡上忧伤地凝视着东方的天空。突然，她看到了那道光，那道白里透红的光，正隐隐地破云而来。女孩的眼睛亮了，女孩的心狂跳起来，她知道那是她的爱人来了。女孩惊喜地站起来，伸开双臂向着天空放声高喊："来了——来了，我的爱人。来了——来了，我的爱人。"一阵阵地高喊、一声声地呼唤，将桃林里、旷野上歌舞的人群喊得惊讶，将三月三傍晚的天空喊得通亮，将岛上的桃花喊得盛开……

传说，他们的爱情感动了天地，那天的夕阳，晚落了一小时。

传说，人们为这对相爱的人举行了盛大的婚礼。男孩、女孩的父母也都参加了婚礼。月老给他们做了证婚人。

传说，他们生了九个孩子。

……

又不知过了多少年，沧海桑田，世事变换，乾天坤地，阴阳转换。明湖姑娘化作了一潭湖水——大明湖。英俊少年化作了一座高山——历山。他们的儿女化作了九座山峰——匡山、粟山、马鞍山、药山、标山、凤凰山、鹊山、华山、卧牛山。这九座山峰被世人们称为齐烟九点。

如今，大明湖，清波荡漾，永远映照着俊美清秀的历山；历山，伟岸如屏，永远守护在大明湖的南岸；齐烟九点，感恩尽孝，永远围绕在父母的身边。

三月三，还是桃花盛开的季节，我们济南人，特别是年轻人，还是习惯走出家门，来到千佛山脚下，到那桃林里，踏青赏花，在追忆这份美丽的爱情传说的同时，也在心里默默地期盼着一份属于自己的浪漫，属于自己未来生命里的温暖……

注：历山，今千佛山。

164

第四辑

赵本山与股市

一看这个题目，朋友们一定会想："怎么，赵本山也炒股了？"

赵本山是否炒股我不知道，但是，赵本山的"忽悠"本领我是知道的，你也是知道的，而且全国人民都是知道的。

他演的大忽悠一角可谓一绝。你看，他寥寥几句，就把那个老实人范伟忽悠的没有病也有了病，硬是买了他的拐，还以为是遇到了好人。你说，可笑不可笑，可气不可气。实在是又可笑又可气！可是，为什么会有这样的事情发生呢？如果这么一想，那可就不简单了，如果你再把这种现象与当下的中国股市乃至房市等诸多市场一作比较、一进行分析，那可就真的不简单了。

人，都是有弱点的——疑心病。不管你是谁，你的学问有多深，你的身份有多高，都或多或少地有那么一点点。小品中的赵本山就是利用了范伟的这个弱点，把一句鬼话说的信誓旦旦，从而动摇了他已经树立的观念，进而相信了他的鬼话。

信誓旦旦的效果有多大你知道吗？"谎言，重复一千遍就是真理（戈培尔）。"

说谎话者有多无耻你知道吗？就算是他正在吃屎，他也会恬不知耻地一边吃、一边给你说这是他老婆精心给他做的美味。

你说，你要是遇到了这样的主能不动心？你对你的判断能不产生怀疑，甚至动摇？再说了，小品中的赵本山不是还在前面让范伟尝到了"甜头"吗，说准了他是个厨师，而且还是个切菜的厨师。你说，老实人范伟能不对他佩服的五体投地，视为神人？说白了，当时，即使是范伟真的闻到了臭，也不会认为是臭，还认为是王致和臭豆腐的香呢。这就是小品中的赵本山能够忽悠成功的原因。其实，这种现象是有必然性的，它符合人的本性，符合人的内心对事物认识的规律，符合人们从外相到内相的这一推理的逻辑性。

中国的股市与小品中的赵本山是何等的相像啊！

如果把中国的股市比作是另一个赵本山，那么这个赵本山与小品中的赵本山便别无二致，都是一样的鬼话连篇。现在让我们看看这个赵本山是怎样忽悠人的吧。

他抓住了人们的两个弱点：一个是疑心；一个是贪心。他的手法还是老一套，就是先让你尝到一点甜头，树立一种对他的认识：这家伙是个能人，甚至是个神人。这家伙能让你挣钱，而且是快速的挣大钱。听他的没错。前几年传说的杨百万是一例，近年广为宣传的巴菲特又是一例。两者都是小品中赵本山嘴里的厨师，只不过，前者是个厨师，后者是个切菜的厨师。在你有了这样的认识以后，这个赵本山就开始鬼话连篇了，信誓旦旦地鬼话连篇了：什么这样那样的政策利好了，什么经济看好了，什么某某行业有大的前途了，什么某某某又增长了多少了，什么价值投资了，什么长线短线了，等等，无一不及。他用真真假假的信息、理论扰乱你的思维，动摇你的判断，诱引着你走向他设计的圈套。这些信息就是小品中赵本山的"神经末梢""转移了"的鬼话。其实，仔细分析你就会发现，这两个赵本山的鬼话都有一个共同的特点：虚虚实实，真真假假，无中生有，有中夸大，捕风捉影，神乎其神，颠倒黑白，装神弄鬼。

到了这个时候，你就该和范伟一样买他的拐了，再不买，你自己都说不过去了，你自己都会觉着自己是个傻瓜了。于是乎，你看看吧，这些老实人蜂拥而至啊。有了"范伟们"的追捧，那股市就一个字：涨。两个字：大涨。

可是，股市的赵本山比小品的赵本山毕竟不是一个数量级的人物，他可不是只卖一副拐就拉倒的主。他要挣大钱，挣几十、几百个亿的大钱的主。所以，他又开始利用人们的第二个弱点：贪心。目的就是：进来的不能让你走了，套住你，我不收网，你们谁也不能走。

就拿这次股票行情来说吧。按理说，那些股民们已经有了 1997、1998 年的那些个经验教训，大盘到了四五千点，又看到那些大学生们、卖菜的大妈们、收破烂的大叔们都拿着自己的血汗钱进股市了，就应该判定入市的资金快枯竭了，股市没了入市资金的支持，上涨就会乏力了，到了该撤的时候了。可是，不行，股市的赵本山不能让你走，你走了，他费这么大的劲，赚谁的钱呢？于是，他又开始忽悠了，又出利好消息了……反正是虚虚实实、真真假假，扰乱你的判断，你就以为股市还要大长，长过 6000 点没问题了，等等。你看，这不你又起贪心了，又再幻想着天上再掉下一个大馅饼来了，而且唯独砸在你的头上了。但是，大势所趋，股市还是要下降的，不仅出现了下跌的征兆，而且已经开始了下跌。这时，他又开始忽悠了，什么暂时的下跌是调整，微调后还会大涨，等等，这一下又把那些准备跑的心又给拴住了，你的贪心又在作祟了。抛了吧，不甘心，唯恐少赚了；不抛吧，也不踏实。结果，在你一犹豫的时候，大馅饼没有掉下来，掉下来的全是冰雹，粒粒要人命的冰雹。你想躲都躲不了。好不容易煮熟的鸭子又让它飞了。更有甚者，看见股市大涨就急眼，看见人家挣钱就眼红，追高杀进，结果，还不如前一拨人，连一点喜庆气儿都没有沾着，全套住了。你说，这不是贪心是什么？

当然也有例外。据说雅戈尔的老板就跑了，赚了60个亿。他怎么就跑了呢？难道他是聪明人，他是那个觉悟了的范伟？但不管怎么说，他跑了，他最终遏制住了自己的贪欲，战胜了自己。可，这样的人能有几个呢？

对于中国的股市，我记着有一个经济学家说过这样的话："炒股，我还不如我们家的小保姆呢。我用经济学看不懂，用政治经济学也看不懂，我看要用文学。我们家的小保姆什么也不用，她就知道跌了进，涨一点就抛。"

你看，这语言多实在，多明白。可道理却深得很，可谓道出了中国股市的实质。

中国的股市根本就不是经济学的现象，也不是政治经济学的现象，它是赵本山演的小品。确切一点说，它是人学。你看它，要用观察人的眼光，你的眼中要有赵本山的影子。进一步说，你要琢磨赵本山们的心理。再进一步说，你最好也是赵本山。"子非鱼安知鱼之乐也（《秋水》·庄子）。"所以你最好也是赵本山，至少熟悉赵本山的思维方式，懂得他的招数。再一个，炒股就不要太贪心，欲望定得低一点，简单一点，知道行止，见好就收。

可惜啊，我们的大多数股民都不是赵本山，都是老实人范伟。老实人范伟是不知道赵本山的心机的，所以，总是被忽悠。

呜呼，哀哉！

弃而得仁，守而积怨

　　昨天下午六点钟左右，在我办公的楼下发生了一场纠纷。纠纷是因停车收费引起的。纠纷的双方是停车收费员和司机。

　　我看到的时候，纠纷正处激烈争吵阶段，围了很多人，堵了很多车，收费员连人带车（电动单车）横挡住汽车的去路，声称："你不交钱就别想走。"司机把车斜着停在马路的中央，站在车旁冲着收费员大嚷："你凭什么收费？画个白线就收费，还有没有王法？"

　　……

　　我懒得驻足看一眼，匆匆从人群中穿过。其实，这样的纠纷，在近一年里经常发生，确切地讲是在实行路边停车收费以后经常发生。

　　我所在的街道，地处城市的偏东部，街面不甚太宽，有些闹中取静。街面上有数栋居民楼和沿街商铺、银行、税务等单位，还有两栋商务大厦。大厦里汇集了许多大大小小的公司。

　　我来这条街道的时间不算短，有十二三年了。我目睹了它的每一次变化。就停车这一点来讲，不管是过去车辆少的时候，还是近年来车辆多了以后，车辆总能停下，街面上也从未因为停车发生过纠纷，更未发生过像今天这样的道路堵塞情形。大家都很自觉地按照先后顺序把车停靠在路边或者是各单位门前的空地上。但是，自从街道上画了停车线而实行停车收费以后，情形就发生了巨大变化，一夜之间，车辆停不下了，大大小小的纠纷开始发生了，过去街道上的安宁与和谐为这停车收费所打破，似乎这条街道上的有车人都多了些戾气，变得不再通情达理起来。

究其原因，一方面是各单位门前的空地不再让外来车辆停靠，他们也学着交警的样子画了白线，还上了锁，变成了自家的自留地。另一方面，司机们不愿交那每小时两元钱的停车费，于是就随意停靠在非机动车道和人行道上，造成道路拥挤甚至堵塞。当然这种情形交警没少贴罚单，但并没有改观，司机们依旧我行我素，宁肯冒那被罚款一百元的风险也不愿交停车费，即使白线内有空车位。这不得不让人问这样的问题：这是为什么？难道司机们都小气甚或是缺钱？不是的。在我看来，是有怨气，是司机们认为那个停车费不该收，在默默地抗争。那么，这个停车费到底该不该收呢？

关于这个问题，其实，朋友们上网百度一下就会发现，各地在推行该项政策之初就存在争议，而且争议声音很大，很尖锐，甚至有律师组织律师团起诉地方政府。老百姓认为不该收，而地方政府却说该收。至于理由，各有说辞，总之，争论不休，老百姓并不认同地方政府的观点。然而，地方政府还是一意孤行，强行推行了这一政策。

呜呼，哀哉！面对这样的地方政府，民意简直就一文不值。

今天，我对这个费到底该不该收并不想做重复性的讨论，对双方的理由也不做评判，更不想对当下政策的执行情况提质疑，做解说。因为，人人心里都有一个答案，我只想对如何化解这种怨气谈谈我的想法。这个想法在苏轼所写的一篇叫《刑赏忠厚之至论》的文章里。

这篇文章是北宋嘉祐二年（1057），苏轼参加进士考试时的答卷。那年，苏轼22岁，得了第二名。该文文辞精辟，说理透彻，很好地论证了忠厚是刑赏之道的根本这一命题，倡导的是一种儒家的仁政思想。

苏轼在文章中写道："罪疑惟轻，功疑惟重。与其杀不辜，宁失不经。"；"可以赏，可以无赏，赏之过乎仁；可以罚，可以无罚，罚之过乎义。过乎仁，不失为君子；过乎义，则流而入于忍人（狠毒之人）。故仁可过也，义不可过也。"

在苏轼看来，治理天下，忠厚是根本而非刑赏。刑赏只是一种形式，而人的秉性对这种形式的制定与采用有很大的影响。一个贤明的君主，必怀仁爱之心，不以单纯的赏罚来治理天下，"而以君子长者之风待天下，使天下相率而归于君子长者之风也。"所以，在可赏与可不赏之间，在可罚与可不罚之间，贤明的君主都选择赏而不是罚，体现的是君子体恤爱民之心、仁爱忠厚之德，引导的是社会的淳厚之风。

虽然苏轼的这篇文章写于九百多年前，是针对国家刑赏而言的，但是，在我看来，就是在今天，它依然有着一定的现实意义。这一忠厚思想适合于人类的一切活动。从大到国家一系列政策的制定，小到一个单位的管理制度，甚至一个人为人处事的方式等都应包含着忠厚思想的意蕴。

如果一个人宅心仁厚、心地善良，那么，在他的思想上、行为上就能体现出来，必是宽容敦厚，善良悲悯。相反，则不然。一个人如此，一项政策也是如此。一个好政策必是体恤民情，尊重民意，服务民生，以人为本的政策，而不是无视民意，强词夺理，一意孤行，以物（钱）为本的政策。

纵观画线停车收费这一政策的出台与实施，就不能说是一项秉持着忠厚原则以人为本的好政策，而是一项无视民意，以物（钱）为本的差政策。对这样的政策，老百姓心生怨气就不足为怪了。这种怨气直接损害的是政府的威信，是老百姓对政府的信任。因此，我的看法是：这样的政策，弃而得仁，守而积怨，越早放弃越好。

关于读书之我想

我们中国是一个有着五千年文明历史的国家，在这浩瀚的历史长河中，从汉字初创到今天，早已形成了一套有别于世界上任何一种文明的完整的文化体系，其思想博大精深，其著作浩如烟海。面对如此浩瀚的作品，我们的生命是有限的，不可能一一拜读。那么，如何选择呢？如何选择阅读和学习才能事半功倍，使我们的生命获得最深刻地感悟与快速地提升呢？答案是读经典，读那些千年不朽的经典作品。那么，哪些是经典作品呢？

要回答这个问题，就要回望。回望我们的历史，回望我们的思想史，回望我们的精神史，回望我们的审美意趣史。无疑，这些作品一定是在那个漫长的历史长河中照亮了昏暗的世界，唤醒了蒙昧的人群，标尺了美学的高度，铸就了我们中国人的精神品质、思想意识与审美品味的作品。

如果我们要做一个比喻的话，那就是山。那浩瀚的各个时期的作品就像一座座连绵不断的大山，横亘在天地之间，从远古一直绵延到今天。

当我们站在一个足够合适的位置全身心地去探视它的时候，总能在苍茫的天际间看到一条穿于云海，游于苍穹，起伏逶迤的曲线。这曲线就是我们中华的文脉，是各个时期中华文化的最高峰。它是不同时代的文化巨擘们，用醒世的哲思，真挚的情感，美妙的文字精心绘制的，是我们中华民族不朽的经典，永世的骄傲。

这些经典是从《诗经》《离骚》开始的。这里有儒家、道家、理学、心学，有《文心雕龙》《人间词话》，有唐诗宋词、元曲、元杂剧，还有《史记》《古文观止》《红楼梦》《聊斋志异》《鲁迅全集》，更有气势磅礴的《毛泽东诗词》，等等煌煌巨著。这些巨著是在我们中华民族的人文始祖炎黄二帝吹响的走向文明的号角声中，在女娲补天、精卫填海、后羿射日、嫦娥奔月等美丽神话传说的背景下，为我们这个古老的民族唱响的响彻宇宙的天籁之音。

我们就应该读这样的作品，特别是童年时期的孩子。因为，童年是一个人的精神品质、思想意识、审美趣味从无到建立的最初阶段，此时，童心清如泉水，空如白纸。如果能在此时读到这样的作品，就会在其心底建立起一种精神层面的生命高度。有了这个高度，一个人就会在未来的生命历程里，自觉或不自觉地去追求这个高度，向这个高度迈进，成就他超凡脱俗的人生。正所谓：精神的高度决定生命的高度。这也就是"性相近，习相远（《三字经》）"的真正的含义所在。

今天，让我们一起领着我们的孩子，腾空而起，去触摸这个高度，在星光闪烁的苍穹中，沿着这条不朽的文脉，去遨游，去聆听，去感悟，去认知，进而去继承，去延续，去创造，去塑造一个未来的自我，一个超凡脱俗的中国人。

解梦

几日装修，苦不堪言，偏又夜来多梦，且梦中尽水。

初时之水，泉眼无声，汩汩细流，悠哉间漫过山涧、密林与旷野。忽然，乌云布天，大风骤起，那悠悠溪流瞬间变成了"后天"之水，浊浪滔天，如黑山般压来。正惊恐间，我忽然化作了一滴水，融在了汹涌而来的潮水里。大水呼啸着，狂奔着；我也大声号叫着，狂奔着。大水到处，房屋坍塌，桥梁冲断，树木淹没。突然，我看到了一棵树，一棵很粗很粗、很高很高的梧桐树，就在前面，树冠大极了。可是，有些枝干已经枯萎，杂乱地支在那里；有些还挂着一些绿叶，开着一些淡紫色的喇叭花。我还看见枝头上趴着一只黑色的拖着长尾巴的鸟。显然，那鸟被吓坏了，正睁着惊恐的小眼睛看着这突如其来的潮水。我想绕过它们，不想它们被大水淹没，我就冲着身边的潮水大声地喊叫。可那汹涌的水啊，真是无情啊，呼啸着一下漫过，那树就无声无息地消失在了汪洋里，那鸟儿也扑棱着落在了潮水里。我愤怒地挥舞着双手声嘶力竭地大声号叫……

妻将我摇醒。

古人云："梦境忽来，未必无兆""日有所思，夜有所梦。"连日来，我神智惶惑，左思右想不得其解，细想梦中之事总觉着蹊跷。

那树似曾相识，那鸟亦似曾见过，忧思间猛醒：那树，不是我儿时我们大院里的那棵梧桐树吗？那鸟不正是我放飞的那只腿部受了枪伤的长尾巴的黑鸟吗？它怎么突然来到了我的梦中了？新的不解更加缭绕着我。

记得小时候，那大树是何等的葱茏茂密啊！树身，粗壮高大；树冠，遮天蔽日；枝头，开满了紫色的花朵，芳香迷人。天天都有那些蜂呀、蝶呀、鸟呀在这里"嗡嗡嗡""叽叽叽"地飞来飞去，那只鸟就是其中的一只。记得那是个早晨，我八九岁的光景，院里的瘸着一条腿的老八路张大爷拿了一杆老式的气枪，依在二楼的栏杆上，一枪打下了它。当时，这只鸟就是这样扑棱着落到了地上。我急急地抢在手中。当时，它就是瞪着这样的一双惊恐的小眼睛望着我。我细细地查看了它的枪伤，伤不重，只是腿部擦了一下。我把它捧回家，学着大人的样子给它上了药，包扎了伤口，还喂了它小米和水。不几天，它就能在我的小床上蹦跳着乱飞了，进而在房间里乱飞了。哥哥让我放了它，我不肯，姐姐也来好言相劝，我最后答应了他们。那日，我打开窗户不舍地放飞了它。望着它飞去的身影，我的心里很难受，难受了好久。

现在想来真是蹊跷。这都快过去40多年了，而且在这40多年里我也从未想起过它，它，怎么又忽然来到了我的梦中呢？它想暗示我什么？我决定深探究竟，问一下吉凶。

世说周公善解异梦，那日，我便备了些礼物——黄鹤楼香烟一盒、新春的碧螺春一壶，登门拜访了这位古圣人周公旦。

周公很热情。我去的时候，他正在吃饭，听到有人来访，立刻放下碗筷，与我攀谈起来。

这老头有些神道，留了一大把灰白相间的胡子，眼睛很亮，额头很宽，寒暄过后竟无一语，可那行为举止却有些怪异。我未加细想就自顾自地说了起来，可未及我说完，他突然没头没脑地说道："水上行者主大吉；大水澄清大吉祥；江海涨漫大吉昌……"

我细细地琢磨，难道有天大的好事要落到我的头上？哎呦喂！如此这般可真是要谢天谢地了，拜托！拜托！我暗喜。

可是，过了些时日也不见有什么好事临头，我便又忧心起来，并开始怀疑起来：周公言语太玄，缺少周密的科学理论，梦境之事怎么能对号入座卜吉凶祸福呢？其言不可信。罢了！罢了！我还是去找那位精神病医生犹太人弗洛伊德问个清楚吧。

一个早晨，我提了一盒礼物叩响了医生的门。礼物与上次的差不多，只是把茶换成了咖啡。

嘿！这老头可比周公旦健谈得多了，我刚说出我的疑问，他就自顾自地大谈起来。好家伙，真能侃，那叫一个厉害，昏天黑地，云山雾绕，整整一个上午我都插不上嘴。

他先是大谈他所了解的有史以来关于梦的一些科学文献，再大谈他的潜意识理论、梦的刺激、梦的记忆、梦的材料以及他的相关的梦的实验等，最后下结论说：梦是潜意识的满足；梦是愿望的达成；梦利用象征来表现其伪装的隐匿思想。

听完了这些，我仍在雾里。我请他品尝我特意为他煮的意式拿铁咖啡，趁他品尝的空隙，我忙把我的梦和我的问题：暗示了什么？告诉他，并请他就我的具体问题给予解析。他顿了顿，转动了一下他的那双狡狯的小眼睛，撇了撇小胡子问我最近都做了些什么。我回答说装修房子。他又问为什么要装修？我说因暖气漏水。他沉思了一会儿，然后摇了摇头又问我除此之外还做了些什么？我说读书。他问我读的是什么书。我说荀子。他忽然睁大了他的那双小眼睛问我读的是不是2300多年前那位赵国人荀卿写的书。我说是。他突然笑了起来，又撇了撇小胡子说道：就是它了……

谒崇孝苑随想

"崇孝苑"就是闵子骞墓。位在济南洪楼广场南边，一条叫"闵子骞路"的街上。路的两侧，不知是何年月，植种了两排高大的法桐树，很是茂密。"崇孝苑"在路的西侧，坐北朝南，白墙，灰瓦，被这些茂密的林木遮掩着。

午后，借着温煦的阳光，我，一个人，惝惝着走进了这里。

前日的那场大雪，还没有化去，白晃晃，耀眼；一园古木，参天凋零，瑟瑟着垂手园中；大大小小残破不全的石人、石佛、石羊、石马、石龟，还有为数不少的碑刻杂乱地散落在甬道的四周；祠堂里贤人端坐，慈眉善目，美髯飘拂；圆形的墓堆上覆盖着一层厚厚的积雪，如玉，洁白……

我边走、边看、边想。

——一辆马车行驶在乡间冰天雪地的旷野上。赶车的少年冻得瑟瑟发抖。父亲怒其不争，举起长鞭抽向少年。顿时，芦花飞落……少年跪在父亲面前，仰着脸，含着泪，说："母在一子寒，母去三子单"……

这是我的脑海里幻化出的《鞭打芦花》故事中的一个情景，是十岁的闵子骞，在遭受继母虐待被父亲发现后，央求父亲不要赶走继母的一幕。

那一鞭抽得好，它抽出了事情的真相，抽出了人的本性和人的阴阳两重性。有时，真相是很残酷的，我们看到的大都是假象；有时，人的本性也是很残酷的，是恶的。可我们，在平时，看不到这些。因为，人会伪装。这一点，禽兽不会。

继母疼爱自己的儿子，虐待继子，这是本性。受虐待者心生怨恨，甚至寻机泄愤报复，亦是本性。然而，去本性，行宽恕，以德报怨者，自古鲜有。舜是一个，闵子骞是一个。孔子赞曰："孝哉，闵子骞！人不间于其父母昆弟之言。"

故事里还说，父亲要休了继母，是闵子骞的苦苦哀求才作罢。继母感念闵子骞的这份宽容仁德而后视其为己出，一家人和和睦睦岁月静好。那个继母果真是被感动了吗？我想，或许是、或许不是。可，如果没有这父权的强势权威，闵子骞的处境是断然不会改变的。他的"忍"不会换来怜悯、同情，只能换来变本加厉。

闵子骞是幸运的，他有一个爱他的尚有权威的父亲。否则，或者说，父亲与那继母通同一气，闵子骞的处境岂不是更要悲惨，哪里还有这美德呢？所以，也应该感谢这个父亲。是这个父亲的爱与权威才让他的美德表现出来，感动世人。

今日，父权，即法律。继母，即腐败的权贵。闵子骞，即百姓。愿法律高扬。

——一朵五彩的祥云飘然落下，落在闵子骞父亲的床前。祥云里走出手捧玉符宝玺的文魁星和福禄寿星。旋即，贤人生。兰香绕室，三日不散。

这是闵子骞出生的故事，是他的父亲梦中的情景，充满了神秘玄奇的色彩。但是，我信，我一直都信。不信就无法解释这世间为什么会有这样的好男儿。原来好男儿都是天上的星宿。他们来干嘛？醒世，作楷模。

——长大后的闵子骞，很聪敏，德行闻乡里，拜孔子为师，与颜回、子贡、子路等同为七十二贤之一，又十哲之一，后在鲁国费邑、齐国先后为官。从政时的闵子骞崇尚节俭，行仁政，施德治，兴教育，敬业爱民，很受百姓爱戴。享八十九岁，墓葬济南历城华不注山。宋熙宁七年，濮阳人李肃守齐州（济南）移墓于此并建祠纪念。苏辙撰文《齐州闵子祠记》，其兄苏轼书写，时人刻碑立于墓前。可惜，这通碑，在早些年被毁，只留在了典籍里。现在的守墓人为闵氏后人。

这是有关闵子骞及闵子骞墓的一些介绍。

先有闵子骞德行闻乡里，后有拜孔子为师。得才俊以授是孔子一乐；得名师传授是闵子骞一乐。名师遇才俊方成美事。朽木是不可雕的。

有孝心知感恩的人做什么事都不会差到哪里去。百善孝为先。孝道，即人道。不行孝道，人道就废了。人道一废，做什么事也就自然做不成了。

我忽然又想：其实，"孝"，实非儒家所独倡，而是各教各派所共倡。如《圣经》中有"必须孝敬父母"的摩西十戒；佛教中有"若有众生，不孝父母，或至杀害，当坠无间地狱，千万亿劫，求出无期"的地藏经文。

其实，即便是禽兽也是一样的。如"乌鸦反哺""羊羔跪乳""蛇雀之报"等。可见，孝和感恩是一切动物潜在的本能，只是，只有人，才特意地倡导这种本能，因为，行有不孝者。这一点，这些人不如禽兽。

孝，有四个境界：养、敬、安、顺。即养其身，敬其尊，安其心，顺其志。只养不敬不孝也。惹事生非，不安父母之心不孝也。不顺父母志趣不孝也。拜天、拜地、拜鬼神，不如孝父母。父母真神也（佛语）！

当然，这里的"孝"是狭义的孝。广义上的孝就是爱。即儒家的仁爱、墨家的兼爱、耶稣的博爱。孔子的伟大之处就是把这个狭义的"孝"与治国联系在了一起。在他看来，一家一国情理等同。"孝悌"是家庭和谐之本。"仁爱"是国家和谐之本。有了这个本就能建立"礼"。有了礼反过来又能促进仁。即"仁以处人，有序和谐""克己复礼，天下归仁焉！"

今天的这个礼，就是法制。

孔子实在是伟大！

……

出闵子骞墓就是一处公园，百花公园，免费的，很好，体现着关爱。此时的园子，万木叠雪，清寂，空冷。我朝园里走去……

济宁太白楼印象

在国内纪念唐朝诗人李白的太白楼共有四处：济宁太白楼、马鞍山太白楼、歙县太白楼、四川省江油市青莲镇李白故居太白楼。在这四处太白楼中，济宁太白楼因诗人在此生活时间最长，行踪最为清晰密实，为世人最为敬慕，也成为了研究、纪念诗人的最重要的活动场所。

济宁太白楼坐落在济宁市中心，有 1200 多年的历史，上下两层，飞檐，起脊，翘角，坐北朝南，建在大运河北岸的一处古老的城墙上。史书上说：唐开元二十四年（736），35 岁的诗人携夫人许氏、女儿平阳离开湖北安陆移家来到了这里，一住就是 23 年。在这 23 年里，诗人的许多重大活动大都是在这里进行的。如天宝元年（742），已经 42 岁的诗人，得到了唐玄宗召他入京的诏书，兴奋地在这里写下了《南陵别儿童入京》一诗，记下了他生命中的这一重大事件。诗中的那句"仰天大笑出门去，我辈岂是蓬蒿人"不知感染了多少人，为多少人注入了自信无畏的豪情。

关于这所楼的缘由，一说是唐人贺氏所开的酒楼，李白住在附近，常在此饮酒会宴，吟诗作赋，后人敬仰诗人，故改名为太白楼；另一说此楼就是李白的家，是李白迁居任城时出资所建，并在此生儿育女，故名太白楼。对这两种说法，现在的史学家们各有说辞，又都不甚充分。我个人倾向于后者。因为在 20 世纪 70 年代末，我读过一套名叫《唐诗故事》的书，书中说，济宁太白楼是李白的家，他在楼前栽过一棵桃树。至今我还记得书中所插的那幅诗人在楼前栽树的简笔图。所以，或许是先入为主吧，我至今认为济宁太白楼就是李白的家。

我有幸来过这里两次，可是，很遗憾，一次也没有登上过太白楼。然而，就是这遗憾的两次，却给我留下了很深的、两种截然不同的感受。

我第一次来济宁是在 2000 年春，孟春。记得，当时料峭的寒风里万物尚未苏醒，大地还是一派清冷的萧瑟。我办完公事已是中午，看看距离回程的车次还有四个多小时的时间，便打听着一路走来。本意是登上太白楼，如有可能，也饮一番酒。可不巧的是，那天太白楼休息，不让人参观，我只好在楼对面，大运河堤上的一个用木板帐篷搭建的临时餐馆里吃了一餐。记得当时那小餐馆里四下透风，门也关不住，屋里烟熏火燎，热气腾腾。几个身着破旧棉袄的乡下壮汉，正围着小桌，坐在小马扎上，一边冻得"哈里哈里"地直喘、一边"呼啦呼啦"地喝羊汤。我看他们喝得起劲，猜想，这该是古运河上的特色羊汤了吧，于是，便也要了一碗和两个大饼，找一个角落坐在小马扎上，"稀里哗啦"地吃了一顿。吃罢，不觉额头、脊背涔涔冒汗，手脚暖和，上下通透，十分惬意。我在河堤上来回走了一程，看那河水混浊，水面不宽。岸边树木，高大粗壮，枝杈繁密，瑟瑟抖抖。一阵风过，黄沙漫天。回头再看那高高的太白楼，隔着一条马路，罩着薄薄的雾霾黄沙，巍峨俊阔，隐逸着仙风道骨，有一种遗世独立的飘然感。我忽生一种无边的寂寥之感，像是在一幅画里，一幅迷蒙、苍茫、空明的古画里……

这是我许久以来深埋在心底的记忆与感受，多少年来都未曾改变。

一读起李白的诗，就会想起太白楼，就会涌上这种感觉。

第二次去济宁，是在 2020 年的 9 月。因山东省文化系统要组织部分作家、媒体记者为山东籍的 50 位非遗传承人物撰文，我有幸参与其中，写一位济宁籍的人物，所以，8 日上午，我第二次去了济宁。

采访是很顺利的。下午四点多钟，我去了太白楼。

唉！太白楼。

好像印象里还是那座太白楼，样子没怎么变化，颜色也还是那个色，灰蒙蒙的，只是不知何故，感觉变小了，变矮了，过去那种遗世独立的飘然感不见了，那幅古画也不见了，取而代之的是一片嘈杂、逼仄之状，流溢着的是一种低回暗动的铜秽之气。

我站在马路南侧的停车场里，看着马路对面的太白楼，忽生一种莫名的情绪。情绪里有失落，有不解，甚至还有一点儿惶恐。

马路上的车辆，啸叫着，一辆追着一辆。街面上的行人、自行车、电动车，随意穿插。有三三两两的路人，衣着邋遢，行为诡异，相貌猥琐，在停车场里溜达闲逛，带着一种觊觎的目光窥视着我们。太白楼两边的建筑拥挤紊乱，像三明治把它结结实实地夹在中间。两排仿古的二层建筑沿着大路向西展开，由于太过密集，缺少变化，显得拥挤。又由于缺少修缮，一派破旧，让人视觉疲劳。或许是未到掌灯时分，所有的商铺，一片昏暗，像困卧着的丛林大蟒。只有几个金店，亮着金光闪闪的招牌，醒目耀眼，像夜幕下，莽原上的饿狼的眼睛，贼亮。

天，昏阴，灰色的，高，厚；风，突起，呼啸着，凉，劲，携着尘沙，吹着落叶、纸片、塑料袋在街面上乱飞。

一切都失去了想象中、翘盼中的形状、颜色、气场，让人不知所措。我茫然地站在太白楼对面的停车场里，看向对面太白楼上的李白（塑像）。诗人正站在楼上，仰望西天。西天一片灰蒙……

我定了定神想走过马路去登上太白楼，突然，一个人在我身后用一种幸灾乐祸的口吻说：下班了，来晚了，不让上了。我回头一看，心里"咯噔"一下，此人歇肩，阴笑，不知何时紧贴在了我的身后。我下意识地摸了摸包，挪开身子，急走几步。然后，转过身来，看看离得远了，方才停下脚步，匆忙着站在那里与太白楼拍了一张合影。

我问一个穿制服的人，附近可有好点的、能代表济宁特色的酒楼。这人抬手向西一指说，那边有一家。

我们走到跟前。见门洞大开，似一张大口。深望一眼，黑咕隆咚，不知深浅。我却步，回头欲走。突然，斜影里蹿出两个人来，女的，年纪未及看清，一前一后，迎上来，伸开手，张开大嘴，一边阻拦一边招呼我们进店。我们惊愕，赶紧避开溜走。

经此一遭，原计划住一夜明天再去水泊梁山的，也没兴趣了，便饿着肚子，直接打道回府了。

……

回来已经很久了，可太白楼的情形却一直忘不了，有一种说不上来的滋味总是在那里萦绕盘旋，有一种欲说还休又欲罢不能的感觉。

我们对文物（建筑物）的保护应该是怎样的呢？是保护其形，还是保护其神？我想，应该是形神兼备的吧。在保护其形的同时更应该保护其神，否则，形在而神不在，岂不成空壳矣！

无疑，我们对一些文物的保护是下了很大一些功夫的。可是，这些保护多数是在强调其经济利用价值上的，更多地是视其为一种旅游资源，赚钱的资本，而在人文方面却忽视了很多。尤其是对其文化内涵、精神品质、韵味气场的守护、挖掘与提升方面更显不足。

唐诗是我中华文明连绵数千年文脉中的一座最为绮丽的高山，而诗人李白无疑是这座高山上景色最美的山峰。李白 23 年的生活经历，该给济宁这座城市留下了多么丰厚的文化精神财富呀！不用细究，只这 23 年的数字，想一想都让人激动。可是太白楼，这座承载历史，延创文明，记载诗人主要活动的场所，却被一片拥堵逼仄所包围，在一片商业的铜臭气里烟熏火燎，不能不说"悲哀"两字。

文物保护需要一种人文情怀。应从文化的角度去看待文物，从影响一个民族性格、民族气质形成的层面上去看待文物，甚至从影响一个民族文化未来走向的角度去看待文物。因此，在保护其形的同时，也应有意识地根据文物本身所具有的独特的文化现象来构建环境，营造一种环境与文物相和谐的文化氛围，焕发文物的神韵。从而让文物无声地带领我们徜徉在古老的时光里，静听那远去的声音与故事，感悟文化内涵，触摸民族风俗、性格、气质、精神的根脉，润泽性灵，在精神层面上获得一种愉悦的享受与提升。我想，这该是文物保护工作所应关注的重点和应该达到的效果吧。

从这个意义上讲，我们的文物保护工作任重而道远。

谈遐园内对联"和风飞清响，时鸟多好音"的出处

近日读到一些朋友写遐园的文章，均提到了一副对联："和风飞清响，时鸟多好音。"然而，对其出处，却叙述不一。有的说是于右任老先生撰写；有的说是陆机诗句，于右任摘录。到底是哪一种说法更为准确，为什么会有这样的两种说法，本文试图做一下探讨。

遐园位于济南大明湖南岸，是老山东省图书馆的所在，成于1909年秋，为时任山东提学使的罗正钧先生意启民智而主持修建。其风格仿宁波著名藏书楼"天一阁"，名取《诗·小雅·白驹》中"毋金玉尔音，而有遐心"的"遐"字之雅意。因园内造假山，修亭台，绕溪水，花木扶疏，游廊迂回，又藏书量大，融大明湖风光于一体，甚是幽静清雅，故始创初期便传盛名，有"历下风物，以此为胜"之赞誉。一时间，文人墨客、达官显贵纷至沓来，题词留墨者众多。时有国民党元老于右任老先生参观遐园，感慨万分，挥毫书写了这副"和风飞清响，时鸟多好音"的对联。由是，此联被制成木刻悬挂在遐园东门的两侧作为门首楹联，故而，世人多有知其为于右任老先生所书而鲜有知其为他人所作者也。

其实，这两句诗摘自西晋文学家、书法家陆机《悲哉行》中"和风飞清响，鲜云垂薄阴。惠草饶淑气，时鸟多好音"的诗句，而非于右任老先生所创作。于右任老先生只是摘其句书之继而彰显于世之而已。

陆机何许人也？陆机（261—303），字士衡，吴郡人士，因曾官至平原内史，又称陆平原，为我国西晋时期著名文学家、书法家。其祖父乃三国时期孙吴之丞相陆逊（猇亭之战主帅），父乃孙吴之领兵大司马陆抗。父死，机方十四，便分领父兵与强敌抗衡，声名鹊起，名震京华。太康末年（289），与弟陆云一道入京都洛阳，从此跻身西晋仕途。机尚儒，性傲，不与人和为人所妒、所憎，"八王之乱"时被成都王司马颖所杀，二子亦同时被害。陆机是我国骈文这一文体的奠基者，被誉为"太康之英"，一生著述颇丰，留洋洋洒洒 300 余篇，其文"犹如玄圃的积玉"；其辞"英锐飘逸而出"；其《文赋》承继道教虚静理论，开我国用骈文文体阐述作文理论至要之先河，并与宗炳之《画山水序》、刘勰之《文心雕龙》一起至今仍对我国文学艺术创作、美学研究及鉴赏理论起着重要的指导作用。陆机还是一位杰出的书法家。现存《平复帖》是其书法真迹。

余以为：世人之所以对此诗句之出处不明或存有疑惑，皆因于右任老先生所书对联的落款采用"穷款"所致。

我国书法作品讲究落款。既有双款、单款之分，又有长款、短款、穷款之别。长款、短款均含书者名谁、正文出处等信息，世人观之能一目了然而无有疑惑者。穷款则不然，仅含书者名谁而无正文出处等信息，故极易让不明就里者产生书者就是正文作者的错误认识。余以为，一幅书法作品是否采用穷款当以所书正文被世人所熟悉的程度而定，十分熟悉的可以用穷款，如床前明月光，疑是地上霜等。否则，不宜用穷款。

诗句"和风飞清响，时鸟多好音"是西晋时期陆机《悲哉行》中的诗句。《悲哉行》为魏明帝曹叡所创，属乐府诗，为五言古诗，多写客居他乡之人感时思乡之情，诗文华美绚丽，情感浓郁，魏晋、南北朝时期较为多见。而进入唐宋以后，格律诗、长短句瑰丽华彩，它便被淹没在唐诗宋词的海洋里了。时至今日，世人熟悉唐诗宋词者多，而熟悉魏晋五言诗者少。

观此副对联便是在书写人们不太熟悉的诗文时使用了穷款，从而导致了世人不明、甚至是错误的认识。

其实，时之文人墨客、大儒绝才并非不明就里，窃以为之所以缄口者，盖因彼时于右任老先生位高权重，鲜有人敢言耳，此乃世道人心所使然也。当然，使用穷款，不注陆机信息也并非老先生有意为之而沽名钓誉耳，窃以为当属老先生以己熟知而度他人亦熟知也。况古往今来，似此者甚多，提笔忘字者也大有人在，本不足为怪。然，历来文人墨客何止万千，能留一、半句诗于世而为世人所熟知者又能有几人？故，陆机诗句流传下来实非易事，万不可因落款之事而致文名失闻矣，故特写此文正之。

末了，余忽然想起苏轼有言："夫天地之间，物各有主，苟非吾之所有，虽一毫而莫取。"物利，如此。名利，亦如此。

附：陆机《悲哉行》

游客芳春林。春芳伤客心。

和风飞清响。鲜云垂薄阴。

蕙草饶淑气。时鸟多好音。

翩翩鸣鸠羽。喈喈仓庚吟。

幽兰盈通谷。长秀被高岑。

女萝亦有托。蔓葛亦有寻。

伤哉客游士。忧思一何深。

目感随气草。耳悲咏时禽。

寤寐多远念。缅然若飞沈。

愿托归风响。寄言遗所钦。

陶渊明与班德瑞

一

　　写下这个题目，我自己也感觉有些怪怪的。陶渊明与班得瑞根本就是两回事。

　　陶渊明生于 1700 多年前的东晋末年（公元 365 年），书香、官宦（没落）门第，习修儒、道经典，做过小吏，几次入仕，未得其志，41 岁那年辞官归隐。其间写了大量的记录生活、感怀伤时的诗歌，后世称之为田园诗，尊其为田园诗派的开创者、千古隐逸之宗。其创作的田园、饮酒、咏怀、杂诗等诗歌以及《归去来兮辞》《五柳先生传》《桃花源记》等散文均是我国千百年来广为流传的诗文杰作与典范。而班得瑞则是瑞士某音乐公司旗下的一个音乐项目的名称，起源于瑞士，创建人是奥利费·史瓦兹（关于班得瑞的由来有各种说法，在此不做讨论，仅只关注其音乐创作和音乐本身），他领导了一批音乐界的年轻才俊，潜入瑞士的阿尔比斯山脉，在林海、河流、明月、清风、鸟鸣的自然怀抱里，把内心的那份最纯净、最朴实的感受记录下来，写成了音乐，感召人们的灵魂。其创作演奏的《仙境》《寂静的山林》《春野》等专辑作品是新世纪乐坛的音乐杰作与典范。

两者，一个是1700多年前的田园诗人，一个是现代乐坛上的音乐流派，可谓一点关系也没有，怎么能混在一起谈呢？

是的，乍一看，是一点关系也没有。但是，仔细地想一想、看一看，你就会发现，他们之间的关系可就密切了，可以说是一脉相承。

二

让我们先来谈谈陶渊明和他的诗歌。

公元405年，陶渊明不甘"心为行役""为五斗米折腰向乡里小儿"在做了81天的彭泽县令后，气节高洁的他毅然辞去了县令之职并作《归去来兮辞》以明心志，归隐于他心中的那片"而无车马喧"的恬静之地——田园。在这片质朴、恬静而自由的天地里，"性本爱丘山"的他闲适怡然，"晨兴理荒秽，带月荷锄归"，遵循自然规律，日出而作，日入而息，看"山气日夕佳""飞鸟相与还"其心与自然合二为一，达到了"物我两忘"的人生境界。其间创作的诗歌充满了清静、朴素、悠远而又超然的色彩。让我们看一看他的几首诗：

归园田居五首（其一）

……

方宅十余亩，草屋八九间。

榆柳荫后檐，桃李罗堂前。

暧暧远人村，依依墟里烟。

狗吠深巷中，鸡鸣桑树颠。

……

归园田居五首（其三）

种豆南山下，草盛豆苗稀。

晨兴理荒秽，带月荷锄归。

道狭草木长，夕露沾我衣。

衣沾不足惜，但使愿无违。

饮酒二十首（其五）

结庐在人境，而无车马喧。

问君何能尔？心远地自偏。

采菊东篱下，悠然见南山。

山气日夕佳，飞鸟相与还。

此中有真意，欲辨已忘言。

这些诗歌既是他归隐生活的真实记录，也是他当时心情的真实写照。现在，当我们读这些诗歌的时候，在我们的脑海里就会幻化出一幅幅这样的动感十足的画面：

——日暮将至，天空高远而迷蒙；大地安详而凝重。风息木静，万物将归于寂寂。不远处，一处村落朦胧隐现。远远望去，炊烟袅袅，祥泰而温暖。侧耳细听，狗吠鸡鸣。近前细看，八九草屋围成一处农家小院。房前屋后，榆柳茂密，果木葱郁。天井树下，鸡狗追逐嬉戏，有鸡潇洒地飞到了树上鸣叫。

——天色已晚，一位农人，头戴斗笠，身穿布衣，肩扛农具，锄禾暮归。天有月隐隐，地有草萋萋。农人步态闲适，神态平静而安详。

——日近黄昏，农人采菊于东篱下，起身擦汗之际，悠见南山巍巍，晚霞映天，一行大雁，归巢飞远。农人情态怡然，神态悠远。

这样的画面，每一幅都能让我们感到有一种淡然、闲适、宁静、朴素而又悠远的情愫在里边悄然地游动，令我们萌生出一种超然物外的冲动，似乎我们的灵魂顷刻间得到了洗涤，心性也旷达起来，刹那间便忘掉了眼前的琐事、是非与名利，而回归到了人生的原始情态——宁静而清淡。这，正是陶诗所表现的那种老庄哲学中的"虚""静""自然"的含义。

让我们再来谈谈班德瑞的音乐。

班德瑞是一群爱好生命的年轻人。据说，他们每当要创作一首音乐时，便会潜入大自然的怀抱（瑞士的阿尔卑斯山脉、玫瑰山麓、罗春湖畔），数月间，与清风明月交流，与花虫鱼鸟谈心，与山林溪水会意，用大自然淳朴旷达的美来洗净并启迪那被红尘蒙染过的灵魂，使心境虚静纯一，从而萌生出那种最纯洁、最干净的内心，然后用这颗心来感悟大自然的美妙，观照大自然内在的神韵，捕捉上帝赐予的那种只可意会不可言传的灵感，从而创作音乐，录制环境，编配器乐。因此，班得瑞的音乐才会是如此的干净，轻柔，唯美，每一个音符都浸润着大自然的灵气，传达着大自然的神韵，似来自遥远的天际、蓬勃的春野、寂静的山林、缥缈梦幻的仙境。

班得瑞的音乐大都有两个显著的特点。第一个特点是音乐背景。他采用的背景素材均来自大自然中的自然现象。如风、雨、雷鸣、电闪、鸟鸣、潺潺的流水声等。这些背景素材都是班德瑞们在山林湖畔守候数月采集录制的，无半点人工器乐配制的痕迹，听着它，就会有一种身临其境的感觉。第二个特点是音乐轻柔、晶莹、纯净。当你正陶醉于那自然背景美妙的律动的时候，一首音乐悄然飘来。节奏舒缓，轻柔，灵动，像溪水一样潺湲。没有复杂的配器，有的就是一支长笛吹奏出来的一节明亮的单音、或是钢琴悠闲地爬出来的几个简单的音符、或是小提琴、中提琴拉出的一段绵绵的长音。这些音符轻柔、晶莹、纯净。轻柔的就像风中飘落的花絮，晶莹的就像花瓣上的露珠，纯净的就像新生的婴儿，给人一种空灵的美感，似乎要把人带走，带到很远的地方，带到一个很干净、很清丽的所在。

班德瑞的音乐是无主题音乐。它与交响乐不同，没有交响乐的乐章结构和复杂的配器，没有较强的叙事性与思想的倾向性，更没有交响乐那艰涩难懂、跌宕起伏、大开大合、累人心魄的情节与煽情性的音乐语言。它结构、配器简单，乐曲自然流畅，轻柔曼妙干净唯美，始终散发着一种漫不经心式的悠然和闲庭信步式的自由，每个音符就像山涧的溪水一样自然而然地流淌。班德瑞的音乐旨在描写自然的真实与朴素，展示生命的原始状态，抒发人与自然的和谐与统一。

当我们欣赏这些音乐的时候，就会像读陶渊明的诗一样，内心的深处油然地氤氲起一种轻松、自由、超然的情愫。它慢慢地在你情感的海洋里游动，少时，你的心便会安静下来，被净化，被纯洁，被轻柔，被融化。这是道家思想中的"柔""静""虚""道法自然"哲学思想的一种音乐形式的体现。

三

接下来我们再来谈谈道家思想与两者的承继关系。

西晋文学理论评论家陆机在《文赋》中说："伫中区以玄览，颐情志于典坟。遵四时以叹逝，瞻万物而思纷。"南北朝文学理论、批评家刘勰也在《文心雕龙·神思》中说："陶钧文思，贵在虚静。疏瀹五藏，澡雪精神。"其实，这两种说法的意思是一样的，都是在说：文学、艺术创作者在创作前，要摈弃一切世俗杂念，纯净内心，力图达到一种虚静纯一、物我两忘的精神状态，而后方能调万千之精神，洞悉事物之内理，探究事物之意蕴，汪洋恣意，下笔如神，创作出内心与自然相通的文学艺术作品。这种说法一经提出便成为了我国古典传统文学艺术创作以及美学鉴赏理论的思想基础，在之后的 1700 多年里一直指导着我国古典传统艺术（诗歌、书法、绘画、美学理论、音乐等）的创作实践。

其实，这两种说法的思想理论基础均来自先秦时期的老庄哲学。

老子在《道德经》中说："涤除玄鉴，能无疵呼"（道德经第十章）；"致虚极，守静笃；万物并作，吾以观其复（道德经第十六章）。"即我（老子）洗去主观的各种欲望与杂念，使心境达到虚静的极点，内心宁静而空明，而后得以更为明了地观察探究天地间万物生生不息之规律。在这里，老子首先提出了"虚静"的概念并把这一概念当作一个重要的哲学命题来加以探讨，在其《道德经》中，通篇都始终贯穿着他的这一哲学思想。在老子看来，天地万物的本源是"道"。道是先天地而生的，它"寂兮廖兮"无形无象，无知无欲，说不清道不明，独立运行而循环不息，大至无所不及，静至从不改变，空至容含万物，看似无为，实则无不为，为天地万物之本源。故曰："道生一、一生二、二生三、三生万物"。又说，天地万物和谐并存循环不息，这都是"道"的功劳，都是因为"道"具有了这些品质而达成的。人作为天地万物之一，一切活动亦应遵循"道"。而"道"的本质是虚静，万物的本源是"道"，所以人应归复本源，"致虚守静"，唯此，方能容达万物，与天地万物和谐为一。

然而，老子认为现实人类社会是不和谐的，其原因是人受功名利禄所诱，其心不虚不静，"五色令人目盲；五音令人耳聋"（道德经第十二章）。因此，人要修炼，"涤除玄鉴"，使精神与内心虚静清明。

庄子继承和发扬了老子的这一理论并为世俗的人们提供了一条通往虚静的途径，即修炼方法——"心斋（《庄子·人间世》）"与"坐忘（《庄子·大宗师》）。"其宗旨就是要通过这种方法的修炼使人达成一种虚静纯一的心性，摒弃一切世俗杂念，无知、无欲、无我，尽最大可能地趋于道，以一颗豁达，超脱的心态看待世界，从而达成一种从容、达观、恬静、朴素、平淡、超然的人生态度，最终与道契合而融通为一。

这些理论学说是老庄思想的核心内容，其哲学范畴的"虚静"理论因能使人内心空明清静，精神超然脱俗，关照客体全面、细致而又深刻而被西晋文学理论评论家陆机率先拿来在文学领域作了扩展，后又经宗炳（《画山水序》）、刘勰（《文心雕龙》）等历代文学家、艺术家、理论家、批评家们的不断的探索从而在各艺术领域得到了更大的扩展与完善，终于成为了我国古典传统文学艺术理论、艺术创作以及美学理论的最重要的思想理论，它就像灯塔照耀并指引着我国古典传统艺术创作的具体实践。

综观陶渊明与班德瑞的诗歌与音乐的创作过程，无疑都是这一文学艺术创作理论（虚静）的积极践行者。陶渊明的隐居是他摒弃世俗杂念而复归自然的一次彻底的"心斋"而"坐忘"的修行行为，是通向"致虚极，守静笃"的一种独特的途径。当然，陶渊明的归隐并非是他有意识地在进行文学创作前的准备工作，而是当他儒家入世"兼济天下"的夙愿无法实现时，出世为道"独善其身"的一种选择，这是他具有的儒道两家复杂的性格特质所决定的，是一种必然的结果，然而，在客观上却起到了"涤除玄鉴"的作用。班德瑞的方式尽管与陶渊明不同，但他们大隐于世，始终保持着一颗内心纯净的生命状态，不正是陶渊明的诗"结庐在人境，心远地自偏"中的哲理思想的一种具体体现吗？他们走进大自然的怀抱，抛弃一切红尘烦扰，用自然的清明洗心怡情，力图达到虚静纯一的状态，岂不正是老子所倡导的"致虚极，守静笃"的一次积极努力的实践吗？是的，这是一种心灵的洗涤，是"心斋"的过程，是另一种形式的道家修炼，是一种返璞归真的旅程。他们的行为都是在极大地、努力地践行着老庄思想的内涵。他们的诗歌和音乐都崇尚自然，热爱自然，旨在歌颂人与自然的和谐，追求淳朴、清淡、恬静、清柔、悠远、旷达而又超然的艺术意境与思想内涵，他们在道家哲学的体系内可谓一脉相承。

<h1 style="text-align:center">四</h1>

今天，当我们读陶渊明的诗和欣赏班德瑞的音乐的时候，无疑也是在进行一次心灵的斋戒。这种斋戒，在纷纷扰扰的今天更有着十分重要的现实意义。

当下的世界更可谓是异彩纷呈。工业文明的丰硕成果，五光十色的魔影，无不挑逗着人们孱弱的神经。人们对生活质量的要求越来越高，生活节奏越来越快，生活压力也越来越大。人们在追逐名利与成功的路上可谓锲而不舍、坚定执着。当然，社会的进步与发展离不开人类的这种追求精神。然而，当人们过度地以"自我"为中心，凡事均采用以功利为目的的价值观、行为方式的时候，就会在追求成功的路上产生诸多困惑，在"自我"与"外物"之间产生巨大的心理落差，患得患失，导致喜怒哀乐无常，使我们的身心遭受损害。此时，如能静下心来，坐下来，读一读陶渊明的诗，听一听班得瑞的音乐，领悟一下道家"虚""静"的真谛，无疑是对自己做一次心灵的抚慰与适度的斋戒，镇静清凉一下我们浮躁、愤懑、贪婪、忧郁的内心，重新审视自我，客观地观照客体世界，调整心态，摒弃一切不切实际的妄想，做到"不以物喜、不以己悲"豁达从容地再次踏上人生追求梦想的旅程。

我曾无数次地在失意、或得意时捧读陶渊明的诗、静听班德瑞的音乐，每次都能让我的心渐渐地平静下来，慢慢地融化在那段不一样的时光里……